THE COMPLETE
PEANUTS
FAMILY ALBUM

찰리 브라운과 그의 친구들 이야기

찰리 브라운과 그의 친구들 이야기

웰컴 투 『피너츠』 월드! 70년째 사랑받는 찰스 슐츠의 캐릭터들

The Ultimate Guide to Charles M. Schulz's Classic Characters

글 앤드류 파라고 Andrew Farago

추천의 글 버클리 브레세드 Berkeley Breathed   서문 밥 피터슨 Bob Peterson

더모던
Themodern L

베스 이모에게 —앤드류 파라고

차례

▲ 캐릭터 라인업 모델 시트. CSCA 제공

1쪽 신문 연재에서 발췌. CSCA 제공   2쪽 찰스 M. 슐츠 원화   3쪽 신문 연재에서 발췌. 찰스 M. 슐츠
4-5쪽 피너츠 문고판 제15호 표지, Boom! Studios, 2014. CSCA 제공

▲ 스타일 가이드 아트. CSCA 제공

추천의 글 　버클리 브레세드(Berkeley Breathed)

"중요한 건 캐릭터란다." 어머니는 귀에 못이 박히도록 말씀하셨다. 영 마음에 들지 않는다는 투였다.

나는 늘 그랬듯, 어머니가 문학에 대해 표한 충고를 귀담아듣지 않았다. 열두 살짜리는 시시껄렁한 야한 농담에나 관심을 가졌고, 어머니도 당신의 문학적 통찰력이 얼마나 깊은지 제대로 인지하지 못하셨다.

카툰의 세계에서 가장 중요한 단 한 가지를 꼽으라면, 단연 캐릭터다. 이 책도 캐릭터에 대한 이야기다. 어린 시절 오락물을 닥치는 대로 섭렵하던 '방황기'를 거친 후 나는 나만의 카툰 세계를 만들었다. 그때 당연히 찰스 슐츠가 큰 영향을 미쳤다. 사실 카투닝(cartooning, 만화 제작)은 캐릭투닝(charactooning. 내가 지어낸 말이다)이나 마찬가지다. (그런데 카투닝에서 'car'는 대체 무슨 의미지?) 빠르게 소비되는 코믹 스트립*에서 (영화, TV 쇼, 연극, 소설 등도 마찬가지겠지만) 캐릭터가 중요하다는 것을 여러분도 느낄 것이다. 수명이 짧은 매체에 등장하는 캐릭터들은 우리의 기억에서 쉽게 사라져 버리지 않던가.

그러니 코믹 스트립에 "캐릭터가 전부"라고 말해도 과언은 아니다. 매일 네 컷짜리 만화를 연재하면서 특별하고 재미있고 개성 넘치며 기억에 강하게 남는 캐릭터를 만드는 일은 상상을 초월한 고된 작업이리라. 하물며 그런 캐릭터를 수십 개나 만든다면 완전히 다른 차원의 이야기가 된다. 그런데 그 힘든 일을 스파키(Sparky)**가 해냈다!

립의 세계를 (문학에서 코믹 스트립이 차지하는 위치를) 복잡한 캐릭터가 중심이 되는 더욱 폭넓은 세계로 확장시켰다! 그런데도 밥 딜런은 노벨상을 받고 찰스 슐츠는 받지 못했다니, 재미난 일이다.

『피너츠』는 일반적인 코미디 만화가 아니었다. 『피너츠』는 인물에 관한 이야기고, 작가는 독창적이고 위트 넘치는 자신의 공상을 다정한 미소와 솔직한 말투 뒤에 솜씨 좋게 숨겨서 즐거운 이야기로 풀어냈다. 1986년 경비행기 추락 사고로 척추가 골절되어 병원에 입원했을 때, 나는 아주 귀한 오리지널 『피너츠』 만화가 든 상자를 받았다. 이런 글귀와 함께. "우정을 담아, 버클리에게. 쾌유를 빕니다. 스파키로부터." "우정을 담아." 나는 그를 만나 본 적이 없다. 하지만 역시 중요한 것은 캐릭터임을 새삼 깨닫는 계기였다. 스파키가 만든 캐릭터들은 (각각 결점도 열정도 달라서 개성이 뚜렷한데도 불구하고) 한 목소리를 낸다. 숨길 수 없는 작가의 깊은 인류애가 드러나는 지점이다. 여러분도 《찰리 브라운과 그의 친구들 이야기》에서 『피너츠』 속 캐릭터들의 세계를 탐구할 수 있길 바란다. 이 다양한 캐릭터들이 단 한 사람의 독창적인 자아에서 비롯되었다는 사실에 나처럼 감탄하기를! 나는 그를 더 일찍 자세히 알지 못했던 아쉬움이 크다.

'피너츠 월드'를 탐구하려는 이들에게 이 책이 최고의 선물이 되기를.

내가 가장 좋아하는 『피너츠』의 캐릭터, 루시를 보자. 남자 작가가 '뻔한 소녀'에서 완전히 벗어난 새로운 소녀 캐릭터를 창조하는 것은 정말 어렵다. 하지만 루시는 평범한 여자아이의 모습과는 아주 거리가 멀다. 왈가닥에 심술궂고, 『피너츠』에서도 가장 개성 강한 소녀이며, 모든 친구들을 통틀어 가장 복잡하기도 하다. 슐츠는 만화에서 누군가가 럭비공을 잡고 있다가 확 치워버리는 식으로 기대에 찬 찰리 브라운을 골탕 먹이는 아주 단순한 알레고리를 만들어서, 코믹 스트

▲ 버클리 브레세드의 『아웃랜드(Outland)』

---

* 몇 개의 칸이 띠처럼 이어진 형태의 짤막한 만화로, 주로 신문 연재 만화가 속한다.
** 찰스 슐츠의 별명이다. 출생 직후 삼촌이 코믹 스트립 『바니 구글』에 나오는 경주마 '스파크 플러그'의 이름을 따서 지어 주었다고 한다.

서문

밥 피터슨(Bob Peterson) *

지난 핼러윈 데이에 나는 찰리 브라운으로 변장했다.

내 나이는 56세, 사람들의 시선이 느껴졌다. 덥수룩한 수염에 안경을 낀 남자가 찰리 브라운의 민머리 가발을 썼으니 아마 '지그문트 프로이트 찰리'쯤으로 보였을 것이다. 하지만 나는 개의치 않았다. 슐츠가 만든 『피너츠』의 세계는 나에겐 신성하기 때문이다. 네 살 무렵, 잠옷 차림으로 『피너츠』 크리스마스 특집 방송을 보았던 기억이 난다. 최초의 텔레비전 방영이었다. 이후 나는 구할 수 있는 모든 『피너츠』 문고판을 찾아 읽었다. 찰리 브라운의 불안에 공감했고, 스누피의 흥미진진하면서도 비밀스러운 세계에 경탄했으며, 라이너스의 정신 세계에서 영감을 받았다. 야단법석을 떠는 루시 앞에서도 의연한 그의 모습은 실로 놀라웠다. 슐츠의 작품은 나의 예술적 DNA에 새겨졌다. 그는 우리에게 많은 교훈을 남겼다.

『피너츠』는 정서적 불안과 초현실주의를 흥미롭게 섞어놓은 작품이다. 이 두 가지가 어떠한 방식으로든 공존한다. 불안의 시대에, 세상을 초현실적인 것으로 느끼지 않는 사람이 있을까? 나는 픽사에서 스토리 작가와 시나리오 작가로 23년 동안 근무했다. 그 시간을 포함해 나의 모든 카툰과 애니메이션 커리어에 슐츠의 아이디어가 큰 영향을 미쳤다. 퍼듀대 대학원 시절, 나는 <퍼듀 학생 신문(Purdue Exponent Newspaper)>에 '로코 모티브(Loco Motives)'라는 제목의 네 컷 만화를 매일 연재했다. 대학 생활의 고뇌를 다룬 만화였지만 캠퍼스에서 두 친구와 함께 살게 된 초식 동물 영양 등 초현실적인 캐릭터들이 등장한다. 영양의 이름은 블리첸, 말도 하고 뿔로 감정도 드러낸다. 이 캐릭터를 등장시킨 데에 특별한 이유는 없었다. 다만 파일럿이 되거나 개집 안에 볼링장을 만드는 스누피의 초현실적 세계가, 세상을 힘들고 이해 불가능한 곳이라 여기는 지극히 평범한 둥근 머리 소년과 잘 어울린다는 점에서 영감을 받았다.

애니메이션 『업(UP)』을 제작할 당시에도 나는 이러한 이중성에 영감을 받았다. 『업』은 칼 프레드릭슨의 슬픔과 말하는 개의 초현실성이 뒤섞여 있는 영화다(다람쥐!). 이 두 가지는 서로 조화를 이루면서 서로를 더욱 부각시킨다. 칼의 슬픔은 더그(Dug)를 비롯한 개들의 기묘한 세계와 극명한 대조를 이룬다. 이러한 대조 속에서 칼의 슬픔은 더욱 절절하게 다가오고, 칼의 캐릭터는 더욱 명확해지는 것이다.

슐츠가 남긴 또 다른 교훈이 바로, 캐릭터의 대비와 명확성이다. 특정 상황에서 루시, 슈로더, 샐리가 각자 어떤 말을 하고 어떻게 행동할지 독자가 예측할 수 있다. 스토리 작가들이 가장 고심하는 부분이다. 나는 그 분야에 탁월한 슐츠에게 매일매일 영감을 받았다. 『몬스터 주식회사』 제작 당시, 마이크 와조스키와 설리의 대조적인 모습을 어떻게 보여줄지 매우 오래 고민하다가, 둘이 함께 설리가 맬 넥타이를 고르게 한 것이다. 마이크는 역시나 걸핏하면 화내고 잘난 척했고, 설리는 조금 더 자제력을 발휘하고 이성적으로 행동했다.

『피너츠』에서 70여 개의 캐릭터들마다 분명한 성격이 있다. 슐츠는 각 캐릭터에 극명한 대조를 이루는 조연 캐릭터들을 함께 배치시켰고, 이로써 독자들은 각각의 캐릭터들을 더욱 깊이 들여다볼 수 있다. 샐리의 호박밭에서 '호박 대왕님'을 향한 라이너스의 깊은 신앙심은 시험대에 오른다. 단 한 번도 모습을 드러내지 않는 빨강 머리 소녀는 찰리 브라운에게서 낭만적인 면을 끌어낸다. 그녀가 없었다면 우리는 찰리의 불안한 모습만 보았을 것이다. 슐츠는 주연과 대조를 이루는 조연 캐릭터들을 등장시켜 주연을 더욱 돋보이게 하는 만화 세계를 만들었다.

『피너츠』라는 세계를 만들고, 스토리텔러들을 위해 교훈을 남긴 슐츠에게 언제나 고마움을 느낀다. 나는 벌써부터 내년 핼러윈에 어떤 코스튬을 선택할지 고민하고 있다.

우리는 찰스 M. 슐츠의 작품에 익숙하다. 무려 50년이 넘는 세월 동안 『피너츠』 코믹 스트립을 17,897점이나 그렸으니 당연하다. 게다가 대다수의 작품이 다양한 매체에 맞게 수정되어 배포되어 왔고, 애니메이션, 상업 디자인, 인쇄, 캐릭터 라이선싱을 통해 서서히 전 세계에 알려졌다. 이 책 《찰리 브라운과 그의 친구들 이야기》에 그렇게 유통된 작품들을 되도록 많이 수록하려고 노력했으니, PW(Peanuts Worldwide)와 CSCA(Charles M. Schulz Creative Associates) 소속 디자이너들을 포함하여 다양한 예술가 그룹을 통해 제공받았다. CMSM(찰스 M. 슐츠 박물관 기록 보관소)에서 제공받은 작품도 있고, 이 책을 위해 특별히 제작된 작품도 있다. 그러나 출처에 상관없이, 이 책에 수록된 모든 작품은 찰스 M. 슐츠의 원저작물에서 영감을 받은 것임을 밝힌다.

THIRTY-FIVE CENTS

APRIL 9, 1965

TIME

COMMENT IN THE COMICS

THE WORLD ACCORDING TO PEANUTS

VOL. 85 NO. 15

(REG. U.S. PAT. OFF.)

들어가며: 당신이 '피너츠 월드'를 즐기는 법

당신에게 묻겠다. "가장 좋아하는 『피너츠』 캐릭터는 누구인가?" 아, 이렇게 다시 묻겠다. "당신이 가진 문제는 무엇인가?"

외로움이 두려운 '고독 공포증'을 앓고 있는가? 그렇다면 찰리 브라운의 끝없는 걱정거리 목록, 우유부단한 성격, 형편없는 연날리기 실력과 관련이 있는 사람일지도 모르겠다. (애석하게도 '연 먹는 나무' 공포증은 아직 정식 병명이 붙지 않았다.)
침묵 공포증을 앓고 있다고? 그렇다면 1952년 이후 해마다 '올해의 최고 수다쟁이'로 선정되는 루시와 친하게 지내 보자. 루시는 말 그대로, 어두워지면 양초에 불을 밝히기보다 차라리 어둠에 대한 저주를 내뱉는 인물이니까.
고양이 공포증이라고? 그렇다면 스누피, 우드스톡과 잘 어울릴 수 있을 것이다. 단, 프리다에게는 비밀로 할 것!
숫자 공포증이라면, 되도록 '555 95472'와 그의 쌍둥이 누이들 3과 4를 피하는 편이 좋겠다.

그러니까 내 말은, 걱정하지 말라는 것이다. 당신의 고민이 무엇이든, 젤리 샌드위치에 차가운 루트 비어를 마시며 그 고민을 들어줄 『피너츠』 친구가 적어도 한 명은 꼭 있다!

고양이 공포증, 숫자 공포증, 혹은 고양이'들' 공포증보다 더 복잡한 문제라면? 그렇다면 만화에 실제로 한 번도 모습을 드러내지 않은 캐릭터들 중에서 여러분과 비슷한 친구를 찾아보자. (이들 중 누구도 남의 시선을 두려워하는 시선 공포증이 있는 건 아니다.)
스포츠 공포증이라고? 걱정 마시라. 찰리 브라운의 불운한 야구 영웅 조 쉴라보트닉 역시 스포츠 공포증을 앓고 있을 테니까.
아하, 달걀 공포증이라… 라이너스가 왜 오스마 선생님 교실에 버려진 달걀 껍데기를 가져왔는지는 모르겠지만, 이 또한 전형적인 알 공포증으로 볼 수 있겠다.
빨강 머리 소녀가 단순히 춤 공포증이 있는 캐릭터였다면 어땠을까? 아니, 아예 더 비극적으로, 그녀가 사랑에 빠지는 것을 두려워하는 캐릭터였다면? 루시의 정신 상담을 통해 삶에 대한 그녀의 관점이 완전

히 바뀌었을지도 모르겠다.
스누피의 개집 내부처럼 『피너츠』에는 실제로 그려지지 않은 장소들도 많다. 집 공포증과 개 공포증이 모두 있다면, 여러분은 스누피가 어떻게 저 평범한 크기의 개집 안에 놀이방, 서재, 향나무로 된 벽장, 손님방, 월풀 욕조, 반 고흐와 앤드루 와이어스의 그림 들을 모두 넣었는지 절대로 알 수 없을 것이다.

1950년 10월 2일 『피너츠』가 일곱 개의 신문에 연재되기 시작했을 때, '피너츠 월드'는 단순했다. 찰스 슐츠가 구상했던 최초의 캐릭터 라인업은 찰리 브라운, 패티, 셔미, 강아지 스누피가 전부였으니까. 연재 초반에는 이들의 성격도 명확하게 드러나지 않았다. 그런데 바이올렛, 슈로더, 루시, 라이너스, 픽 펜, 샐리 등 새로운 캐릭터들이 등장하면서 갈수록 각자의 역할이 뚜렷해졌다. 연재가 10년을 채울 무렵이 되자 『피너츠』는 코믹 스트립 역사상 가장 많은 사랑을 받은 캐릭터를 대거 배출한 만화가 되었다.
1960년대 후반에 페퍼민트 패티, 마시, 프랭클린이 등장하면서 '피너츠 월드'는 마을에서 학교로 더 확장되었다. 찰스 슐츠는 캐릭터의 수가 늘면서 더욱 다양한 스토리텔링의 기회와 자기표현의 기회를 잡았다. 그는 1984년의 인터뷰에서 이렇게 고백했다. "이런 종류의 코믹 스트립을 쓰는 사람이라면 자신의 모습을 캐릭터에 조금은 반영합니다. 그것이 우리가 하루도 빠짐없이 무언가를 해야 할 때 살아남을 수 있는 유일한 방법이기도 합니다. 자기 자신, 자신의 생각과 의견, 자신이 아는 모든 것을 만화에 쏟아 넣어야만 하니까요."

『피너츠』에 상징적인 캐릭터들이 워낙 많다 보니 모든 캐릭터를 안다고 느껴지지만, 사실은 단역으로 스쳐간 캐릭터들이 수십 명이다. 호세 페터슨, 티보, 코맥은 잠깐 등장했다 곧 사라졌다. 몰리 발리, '떼쟁이' 부비, '오심' 베니도 세계적인 스포츠 선수가 되지 못했다. 크리스마스 선물용 해럴드 에인절의 캐릭터 상품도 찾을 수 없다. 50년의 연재 속에 로레타는 단 두 컷 등장했고 릴리는 단 한 컷만 주어졌다. 이것이 바로 『피너츠』 조연 캐릭터들의 삶이다.
진정한 문화 아이콘 '스누피'에서 언젠가 라이선싱계의 슈퍼스타가 될

지도 모르는 '타피오카 푸딩'에 이르기까지 캐릭터들이 60명이 넘는다. 그러니 좋아하는 캐릭터가 어떻게 단 하나뿐일 수 있겠는가? 당신은 아마도 『피너츠』의 모든 캐릭터를 사랑하는 병에 걸린 '피너츠 팬'일지도 모른다. (조만간 정식으로 '피너츠 팬 증후군'이 명명되어야 하지 않을까?)

물론 찰리 브라운을 사랑한다고 해서 그것이 꼭 샬럿 브론을 잊어야 한다는 의미는 아니다. 매력남 조 쿨처럼 살고 조 리치키드처럼 놀아 보자. 조 모터크로스나 조 그런지나 조 쉴라보트닉처럼 살아 보자. 조 아가테와 구슬치기를 하고, 스누피의 형 마블스와 함께 놀 수도 있다. 타피오카 푸딩과 트러플(송로버섯)을 먹고, 트러플스와 타피오카 푸딩을 먹을 수도 있다. 세상의 모든 패티에는 페퍼민트 패티가 있고, 모든 셔미에게 설리가 있다. 그리고 클라라와 소피까지!
자, 이쯤 되니 당신들 모두를 루시의 정신 상담소에 보내기 충분한 것 같다.

"저는 단지 제가 재미있다고
생각하는 것을 그립니다.
그리고 그것이 다른 사람들에게도
재미있기를 바랍니다."
_찰스 M. 슐츠

그래도 루시의 말에 따르면, 아직은 다행이다. "TV에서 그러는데, 자신에게 도움이 필요하다는 사실을 깨달았다면 아직은 상태가 그럭저럭 괜찮은 거래!"
계속 읽다 보면 여러분은 리런에서부터 라이너스의 담요를 끔찍하게 싫어하는 할머니로 이어지는 반 펠트 가문의 가계도를 머릿속에 그릴 수 있게 된다. 데이지 힐 강아지 농장 출신인 스누피 형제들의 이름은 물론 복면 히어로와 봉지 선생의 비밀스러운 정체도 알게 될 것이다. 늦은 밤까지 여러분의 단잠을 방해하는 걱정거리 하나가 줄어드는 셈이다.
이것도 별로라면, 언제든지 프랑스 외인부대에 입대하는 차선책을 고려해 보자.

◀ 피너츠 칵테일 냅킨 종이 박스, Hallmark Cards, Inc. 제작, Monogram 제조, San Francisco, c., 1960년. CMSM 제공

▲ 스타일 가이드 아트. CSCA 제공

『피너츠』의 소년들

야구에서 베토벤, '여섯 마리 아기 토끼'에서 '전쟁과 평화'에 이르기까지 『피너츠』 소년은 관심사도 꿈도 다양하다. 우유부단한 찰리 브라운과 언제나 시종일관 자신감이 넘치는 픽 펜처럼 성격마저 제각각이다.

1 리런 2 프랭클린 3 에단 4 '변신의 귀재' 스누피 5 래리 6 '수영 친구' 코맥 7 마블스 8 스파이크 9 메이너드 10 셔미 11 오스틴 12 릴런드 13 '진정한 철학가' 라이너스 14 '우리의 좋은 친구' 찰리 브라운 15 마일로 16 5 17 조 리치키드 18 티보 19 올라프 20 패런 21 '오심' 베니 22 플로이드 23 '천재 피아니스트' 슈로더 24 픽 펜 25 앤디 26 해럴드 에인절 27 호세 페터슨 28 비글 스카우트(콘래드, 올리버, 빌, 프레드) 29 '스누피의 베스트 프렌드' 우드스톡

『피너츠』의 소녀들

찰리 브라운의 소꿉친구는 패티다. 그 후로 바이올렛, 루시, 프리다가 한동네로 이사 오면서 많은 소녀들이 등장한다. 자칭 차세대 여왕이라는 루시와 뛰어난 운동신경의 소유자 페퍼민트 패티, 그리고 똑똑한 마시 사이에서 여자아이들도 신경쇠약이라면 남자아이들에 뒤지지 않는다.

1 소피 2 루비 3 클라라 4 '떼쟁이' 부비 5 리디아 6 에밀리 7 페기 진 8 '쌍둥이' 3 9 '쌍둥이' 4 10 '천재 야구 소녀' 로이앤 홉스
11 마시 12 '만능선수' 페퍼민트 패티 13 '여왕벌' 루시 14 바이올렛 15 패티 16 샐리 브라운 17 벨 18 트러플스 19 나오미
20 프리다 21 유도라 22 타피오카 푸딩 23 라일라 24 '승부욕의 여왕' 몰리 발리

찰리 브라운네 동네

오, 우리의 친구 찰리 브라운! 일 년 내내 야구팀 전략을 구상하는데
경기만 했다 하면 지고, 동네 담벼락에서 라이너스와 철학을 논할
정도로 사색적이면서 '루시의 정신 상담소'를 찾지 않으면
불안해서 견디지 못하고, 자신의 반려견인 '그 유명한 스누피'를
여전히 이해하지 못해 끙끙대고 있다. 하지만 무슨 상관이랴.
찰리와 스누피가 동네의 구심점이요, '피너츠 월드'의 중심이다!
사랑스럽지만 운은 별로 없는 동그란 머리의 소년은
슐츠에게나 우리에게나 그런 존재다.
"찰리 브라운이 중심이에요. 어떤 일이 닥쳐도 결국엔
모두 찰리 주위로 모여들죠. 저는 그 모습이 참 좋아요."

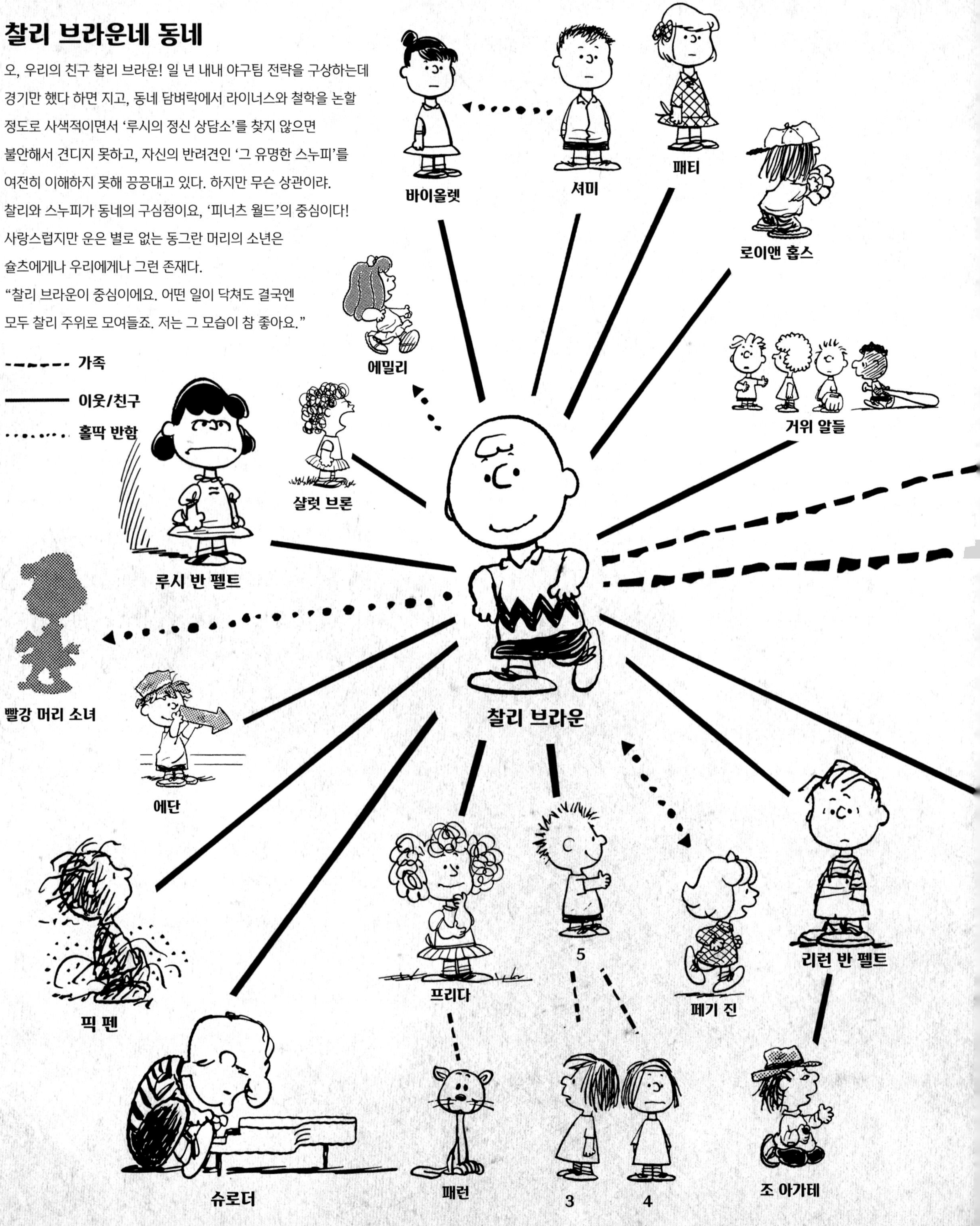

- – – – – 가족
- ———— 이웃/친구
- ········· 홀딱 반함

바이올렛

셔미

패티

로이앤 홉스

에밀리

거위 알들

샬럿 브론

루시 반 펠트

빨강 머리 소녀

에단

찰리 브라운

프리다

5

페기 진

리런 반 펠트

픽 펜

슈로더

패런

3

4

조 아가테

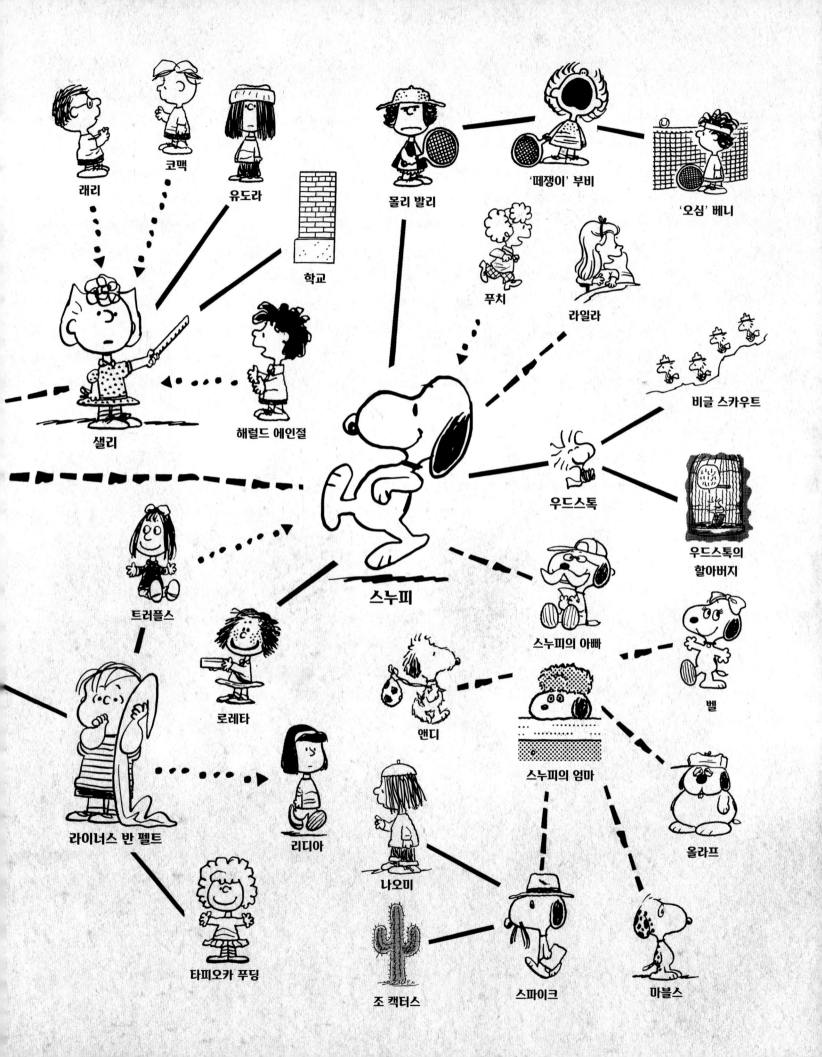

래리

코맥

유도라

학교

몰리 발리

'떼쟁이' 부비

'오심' 베니

푸치

라일라

비글 스카우트

샐리

해럴드 에인절

스누피

우드스톡

우드스톡의
할아버지

트러플스

로레타

앤디

스누피의 아빠

벨

라이너스 반 펠트

리디아

나오미

스누피의 엄마

올라프

타피오카 푸딩

조 캑터스

스파이크

마블스

페퍼민트 패티네 동네

페퍼민트 패티는 건넛마을의 야구부를 창단했다.
지지리도 운이 없는 찰리의 팀과는 반대로,
그의 팀을 제물로 삼아 무패행진을 이어가고 있다.
찰리 브라운은 야구장에서는 라이벌이지만
페퍼민트 패티와 마시와 프랭클린을
아주 친한 친구들로 생각한다.

메이너드

로이

클라라, 셜리, 소피

티보

호세 페터슨

페퍼민트 패티

프랭클린

조 리치키드

마시

플로이드

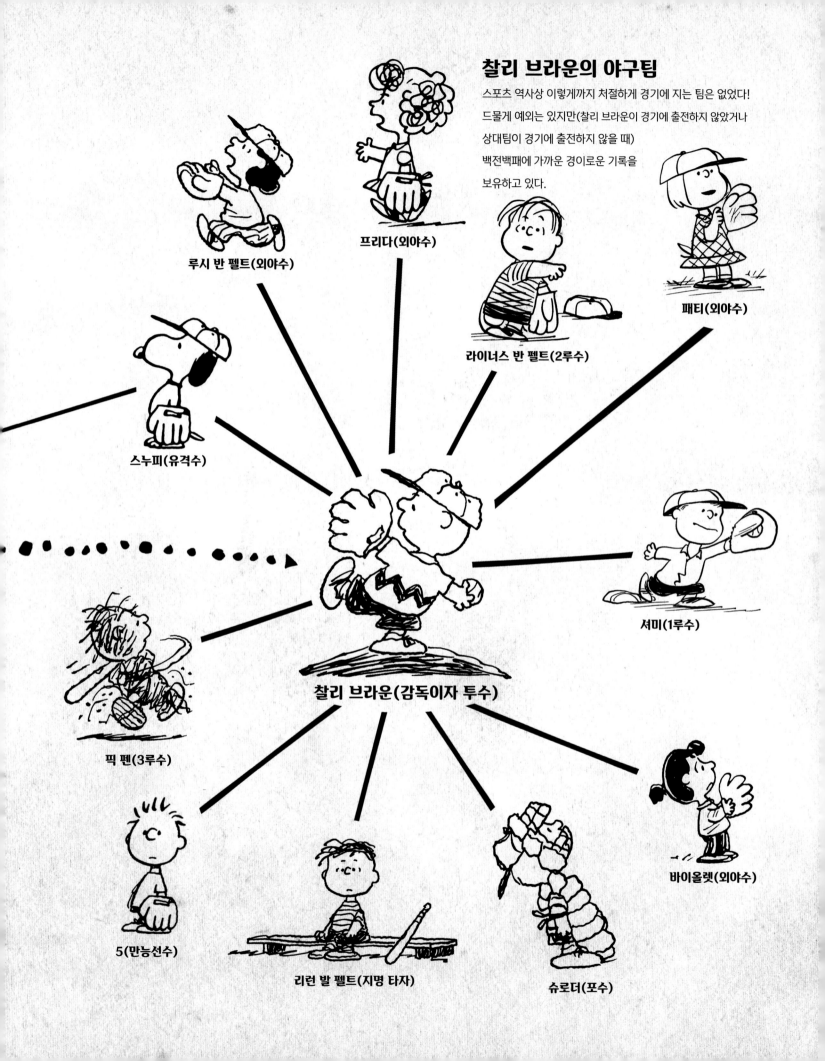

찰리 브라운의 야구팀

스포츠 역사상 이렇게까지 처절하게 경기에 지는 팀은 없었다!
드물게 예외는 있지만(찰리 브라운이 경기에 출전하지 않았거나
상대팀이 경기에 출전하지 않을 때)
백전백패에 가까운 경이로운 기록을
보유하고 있다.

루시 반 펠트(외야수)

프리다(외야수)

라이너스 반 펠트(2루수)

패티(외야수)

스누피(유격수)

셔미(1루수)

픽 펜(3루수)

찰리 브라운(감독이자 투수)

바이올렛(외야수)

5(만능선수)

리런 발 펠트(지명 타자)

슈로더(포수)

찰리 브라운 1950년 10월 2일에 첫 등장

오, 우리의 좋은 친구 찰리 브라운은 사랑에도, 학교생활에도, 스포츠에도 지독하게 운이 없다. 이뿐이랴, 거의 대부분의 분야에서 참신하고 독창적인 실패를 거듭한다. 하지만 이래도 좋고 저래도 좋은 동그란 얼굴의 소년은, 어떤 시련이 닥쳐도 언제나 최선을 다한다. 그의 사전에 포기란 없다!

찰리 브라운은 비가 오나 눈이 오나 하루 종일 야구 생각뿐이다. 야구를 엄청나게 사랑한다. 그런데 이긴 경기가 거의 없다(승리는 찰리 브라운이 여름캠프에 가느라 불참했거나 부상으로 덕아웃에 머물렀거나, 페퍼민트 패티의 팀이 몰수패를 선언했을 때뿐이다). 해마다 봄이면 지구상에서 가장 부진한 최약체 팀의 감독을 맡고 연패 행진을 이어간다. 투수로서 마운드에 설 때면 상대팀에게 야구장에서 보기 힘든 진귀한 볼거리까지 제공한다. 직선타에 맞아 모자, 셔츠, 신발에 양말까지 모두 벗겨지는가 하면, 강력한 안타 한 방에 마운드에 머리를 처박고 거꾸로 뒤집힌 채 이닝을 마무리한다. 어린이 리그 통산 두 번의 홈런을 제외하면 박빙의 상황에서 결정적으로 팀에 도움을 준 경우도 전무하다.

찰리 브라운의 불운은 야구에만 국한되지 않고, 온갖 스포츠 경기에 모두 해당된다. 매해 루시는 찰리에게 "럭비공을 잡아줄 테니 공을 힘껏 차 봐" 하고 말한다. 그리고 찰리는 마지막 순간에 공을 휙 치우는 루시에게 속아 매번 뒤로 벌렁 나자빠진다. 평화롭게 연을 날리는 것조차 찰리에겐 위험천만한 일이다. 언제나 연이 줄과 완전히 엉켜 버리거나, '연 먹는 나무'가 찰리의 연을 삼켜버리거나 둘 중 하나로 끝나기 때문이다.

찰리 브라운은 뛰어나지도 뒤처지지도 않은 평범한 학생이다. 불안과 긴장 증세만 없다면 '뛰어난' 학생이 되었을지도 모르지만. 실패에 대한 두려움, 성공에 대한 두려움… 루시가 정확하게 꼬집었듯 '모든 것에 대한 두려움'이 항상 발목을 잡는다. 같은 반의 '빨강 머리 소녀'를 짝사랑했지만 이 또한 이루어지지 못했다. 왜냐하면 소녀에게 단 한 마디도 걸지 못했기 때문이다. 아예 곁에 다가가지도 못했으니까! 찰리는 이렇게 말하곤 한다. "반대끼리는 서로 끌린대… 걘 정말 특별해, 난 정말 아무것도 아니고… 이보다 더 반대일 수 있을까?"

하지만 친구들은 찰리가 매사에 걱정이 많고 불안해 해도, 아니, 오히려 그 불안 때문에 더욱 찰리를 아낀다. 찰리가 자신만만하게 승리하든 쭈뼛대며 지든 관계없다. 중요한 건 찰리 브라운이 언제나 신뢰할 수 있는 친구라는 사실이다. 라이너스가 말했듯이 말이다. "지구상에 있는 모든 찰리 브라운 중에서 최고의 찰리 브라운은 바로 너야!"

『피너츠』의 작가 찰스 M. 슐츠와 『피너츠』의 주인공 찰리 브라운은 공통점이 많다. 슐츠는 자신이 가진 불안감을 찰리 브라운이라는 캐릭터에 상당 부분 투영했다. 보통의 코믹 스트립과는 다르게, 불안과 우울이라는 보편적인 감정을 담은 것이 전 세계 다양한 독자층으로부터 큰 호응을 얻었다. "찰리 브라운은 패배자예요. 그게 그의 운명이자 마법이죠. 패배자가 아니었다면 그렇게 노력을 이어갔겠어요? 중요한 건 역경을 완전히 극복해 내는 것이 아니라, 끊임없이 노력하는 것(절대로 노력을 멈추지 않는 것)이죠. 그게 바로 인간다움의 핵심일지도 몰라요. 노력으로 치면 찰리 브라운은 올림픽 금메달감이에요. 저는 그 점이 중요하다고 생각합니다."

찰리 브라운은 행운과 거리가 멀다. 오히려 운이 나쁠 때가 대부분이다. 그런데 바로 그 점 때문에 세계적으로 인기가 있다. "확실한 사실은, 유머는 행복한 상황에서 나오는 게 아니라는 거예요. 행복과 재미는 동의어가 아닙니다. 재미란, 다른 누군가에게 어떤 일이 일어났는데, 당신이 그 사실을 깨닫자마자 불운한 그 친구를 향해 웃음이 터져 나오는 순간이죠. 힘든 일은 우리에게도 이따금씩 닥치기 마련인데, 찰리에게는 온갖 나쁜 일들이 일상적으로 일어나요. 찰리는 어떤 것도 제대로 해내지 못합니다. 그래도 찰리는 언제나 친절하죠. 저는 그런 찰리 브라운이 좋습니다."

▲ 스타일 가이드. PW 제공

"오늘은 오늘 하루치만큼만
두려워하는 거야."

_찰리 브라운

▲ 스타일 가이드. CSCA 제공

찰리 브라운 모델 시트. CSCA 제공

영원한 낙천가

찰리 브라운과 루시의 유명한 가을 전통! 루시가 공을 잡고 있으면 찰리가 달려와서 발로 뻥 차는 것이다. 그렇게 '또 한 번' 찰리가 넘어져야 비로소 미식축구 시즌의 막이 오른다. 찰리는 매번 미심쩍어 하지만, 루시는 어떻게 해서든("날 못 믿는 거야, 찰리 브라운?") 찰리가 공을 차게 설득한다. 그랬다가 공을 차기 직전에 공을 획 치우고, 찰리는 공중으로 붕 날았다가 땅바닥 위로 나자빠지는 일을 반복한다. ("어느 때까지냐고? 네 평생이겠지, 찰리 브라운… 네 평생 말이야.")

사실 바이올렛이 맨 먼저 시작한 전통인데, 루시가 찰리네 집 근처로 이사 오면서 곧장 그 전통을 이어받았다.

> *"싫다고 피하기만 하려는 건 잘못된 거야,*
> *하지만, 이제 그래 볼까 싶기도 해."*
> _찰리 브라운

> *"올해는 저놈의 공을*
> *꼭 차고 말 거야."*
> _찰리 브라운

▲ 스타일 가이드. CSCA 제공

▲▲ 찰스 M. 슐츠 작품. CSCA 제공
▲ 신문 연재에서 발췌. 찰스 M. 슐츠

스타일 가이드 아트. CSCA 제공 ▶

꼴찌 야구팀 감독

찰리는 야구는 사랑한다. 팀의 감독이자 투수로서, 오프 시즌 내내 전략을 분석하고, 팀의 라인업을 신중하게 구상하고, 상대팀 전력을 파악한다. 그러다가 봄이 오면 팀을 우승으로 이끌겠다는 비장한 각오로 시즌에 임한다.

하지만 팀원들의 태도는 무기력하기만 하다. 매 시즌 '형편없는 경기력' 부문의 신기록을 경신한다. (123:0이라는 스코어를 본 적 있는가?) 그러나 초라한 성적표에도 불구하고 찰리는 야구에 대한 사랑과 친구들이 있기에 새로운 힘을 얻는다.

"우리 팀이 패배에 익숙해질까 봐… 난 그게 늘 두려워."

_찰리 브라운

▲▲ 신문 연재에서 발췌. 찰스 M. 슐츠

▲ Cameron + Co의 디자인

피너츠 도시락 가방, 킹 실리 써모스(King Seeley Thermos) 제작. 1975년. CMSM 제공 ▶

소년의 개? 소년과 개!

찰리는 스누피를 무조건적으로 사랑한다. 하지만 스누피는 생각이 많고 독립적인 성격이라서 보호자의 이름도 제대로 기억하지 못하고("머리통이 둥그런 애였는데…"), 하고많은 모습 중에서 자신에게 밥 주는 모습만 좋아하는 듯 보인다. 하지만 마음속 깊은 곳에서는 누구보다 보호자를 사랑한다. 물론 공개적으로 인정하진 않겠지만.

슐츠는 말한다. "스누피는 아주 모순적인 캐릭터입니다. 어떻게 보면 아주 이기적이죠. 자신을 독립적인 개라고 생각하길 좋아해요. 그리고 자신이 훌륭한 일을 하는 모습을 상상하곤 하죠. 찰리 없이는 살 수 없지만, 그렇다고 해서 찰리 브라운을 사랑하지도 따르지도 않아요. 이것 또한 일종의 유머라고 할 수 있습니다."

> "나를 집에 붙들어두는 게 있지… 날 이곳에 머무르게 하는 무언가가… 바로 저녁 식사!"
>
> _스누피

▲ 피너츠 문고판 제 9호, Boom! Studios 만화책 표지. CSCA 제공

▲ 저녁 식사 시간, 피너츠 디지털 에디션. CSCA 제공

▲▼ 스타일 가이드 아트 , 2011. CSCA 제공

"개와 친구가 되면 평범한 인생을 아름다운 인생으로 만들 수 있어." _찰리 브라운

▲ 피너츠 문고판 제 1호, Boom! Studios 만화책 표지. CSCA 제공

▲ LIFE® 매거진 표지, 1967년 3월 17일. CMSM 제공

사랑스러운 패배자

"에잇, 맨날 지는 건 이제 못 참겠어!" 찰리 브라운은 분통을 터트린다. 그도 그럴 것이, 뭘 해도 십중팔구 지니까. 하지만 절대로 노력을 멈추지 않는다. 9회 말 만루에서 삼진 아웃을 당하고, 철자 맞추기 대회에서 '비글'의 철자를 틀리고, 핼러윈 데이에 사탕을 한 개도 받지 못했을 때, 우리는 모두 찰리 브라운에게 공감한다. 물론 우리의 실패가 찰리 브라운의 실패보다는 미약하다는 일말의 안도감을 느끼며.

슐츠는 찰리 브라운의 우스꽝스러운 작은 불행들을 이야기로 엮을 때, 결과는 종종 과장했지만 개인적인 경험을 바탕으로 했다. "찰리 브라운은 곧 우리들 자신이에요. 우리는 모두 패배가 어떤 것인지 잘 알죠. 하지만 찰리 브라운은 정말 처절하게 매일매일 패배합니다. 실패자라서가 아니라, 정말 착하고 예의 바른 소년이기 때문에요. 정말이지 제대로 되는 일이 하나도 없어 보이죠."

"아침에 눈을 뜨면, 내가 감당하기엔 벅차다는 기분이 들어." _찰리 브라운

▲ 스타일 가이드 아트, 2012년. CSCA 제공

▲ 코믹콘 엽서, 2013년. CSCA 제공

▲ 스타일 가이드 아트. CSCA 제공

뮤지컬 찰리 브라운

(You're a Good Man, Charlie Brown)

1967년에 클락 게스너(Clark Gesner)가 작사와 작곡을 맡은 뮤지컬 <넌 좋은 아이야, 찰리 브라운(You're a Good Man, Charlie Brown)>이 초연되었다.* 『피너츠』에 대한 애정 어린 헌사인 이 뮤지컬은 뉴욕 브로드웨이에서 런던 웨스트엔드에 이르기까지 전 세계의 무대에 오르며 뜨거운 사랑을 받았고 오늘날에도 여전히 인기 있는 작품이다.

슐츠는 자신도 이 뮤지컬의 열성 팬임을 고백했다. "<넌 좋은 아이야, 찰리 브라운>은 미국 연극 역사상 가장 많이 공연된 작품입니다. 교회는 물론이고 초등학교, 고등학교, 유치원에서도 공연되었지요. 수많은 작품 중에서 선택된 겁니다. 이 뮤지컬은 마냥 귀엽기만 한 것이 아니라 음악까지 매우 훌륭해요. 음악이 인기에 결정적이었어요. 작품에 많은 것을 담다 보면 여러 실수가 생기기 마련인데, 모든 것이 정확하게 맞아떨어져서 어찌나 기쁘던지요. 샌프란시스코에 살 때 극장에 종종 찾아갔는데 쇼가 끝났을 때 로비에서 가족들이 나오는 걸 보는 게 참 좋았습니다. 모두가 미소를 짓고 있었거든요. 즐거운 시간을 보냈다는 뜻이죠!"

* 한국에서는 <뮤지컬 찰리 브라운>이라는 제목으로 공연되었다.

▲ 스타일 가이드 아트. CSCA 제공
▶ 뮤지컬 <넌 좋은 아이야, 찰리 브라운> 뉴욕 공연 포스터들, Ambassador Theatre 공연(1999), Golden Theatre (1971). CMSM 제공
▶▶ <넌 좋은 아이야, 찰리 브라운>의 오리지널 포스터 모형, theater production, c. 1990. CMSM 제공

proudly presents

"You're a good man, CHARLIE BROWN"

Based on the comic strip... "PEANUTS" by Charles M. Schulz

© 1950 1952 1958 United Feature Syndicate, Inc.

BOOK, MUSIC AND LYRICS BY CLARK GESNER
SEPT. 27 to NOV. 16

PLEASE CALL BOX OFFICE FOR RESERVATIONS

밸런타인데이

1952년 2월 14일에 연작 첫 번째 이야기가 시작!

밸런타인데이는 『피너츠』 친구들에게 가장 가혹한 날이다. 찰리 브라운은 빨강 머리 소녀에게 카드를 건넬 용기가 없고, 루시는 슈로더에게 단 한 번도 카드를 받지 못한다. 페퍼민트 패티와 마시는 찰리 브라운에게, 샐리는 라이너스에게 카드를 받지 못한다. 해마다 찰리 브라운이 하는 말처럼 "텅 빈 우편함처럼 소리가 잘 울리는 곳도 없다." 하지만 스누피는 다르다. 감당할 수 없을 정도로 많은 카드를 받고, 자신을 흠모하는 이들이 보낸 카드를 쌓아놓고 하나씩 읽으며 행복한 하루를 보낸다.

슐츠는 아이들의 가슴에 대못을 박는 게 『피너츠』를 그리며 가장 가슴 아픈 일이라고 여러 차례 밝혔다. "인생에서는 그 어떤 것도 펑! 하고 끝나 버리지 않아요. 그리고 아이들은 모두 자기 중심적이지 않나요? 잔혹하고요. 아이들은 어른을 비추는 거울이잖아요. 그러니까 우리 어른들은 겉모습만 변했을 뿐이에요. 사람들과 잘 지내려면 그 방법뿐이니까요. 저는 지금 가장 신랄한 만화를 그리고 있는 거네요."

기고하신 분들 보세요, 밸런타인데이 카드를 보내주셔서 감사합니다.... 하지만 유감스럽게도 저희는 현재 카드가 필요하지 않음을 알려드립니다.

I'M IN LOVE!

Chocolate chip cookies are red.
Chocolate chip cookies are blue.
Chocolate chip cookies are sweet.
So are you.

①~⑧ 스타일 가이드 아트, CSCA 제공
⑨ Waiting for Valentines, 파트 1과 2, 피너츠 디지털 에디션, CSCA 제공
⑩ Be My Valentine, Charlie Brown; 제이슨 바이델(Jayson Weidel), 한정판 프린트, Dark Hall Mansion 제공 ⑪ Snoopy Love; 로랑 뒤리유(Laurent Durieux), 한정판 프린트, Dark Hall Mansion 제공

avoid
wavy lines
coming off
the neck
on all
characters

▲패티 모델 시트, 2010년. CSCA 제공
▼스타일 가이드 아트. CSCA 제공

패티   1950년 10월 2일에 첫 등장

패티는 찰리 브라운, 셔미와 한동네에서 자랐다. 삼총사는 (스누피까지 함께!) 떼려야 뗄 수 없는 사이였다. 여느 아이들처럼 패티와 찰리 브라운의 관계도 복잡미묘하다. 하루는 신나게 소꿉놀이를 같이 하고는, 다음 날엔 무자비하게 찰리를 놀리는 식이다.

바이올렛이 한동네로 이사 오자 패티는 신이 났고, 삼총사는 곧 사총사가 된다. 특히 바이올렛과 패티는 인형, 음악에 '찰리 놀리기'까지 관심사가 비슷해서 둘도 없는 친구 사이가 된다. ("우리가 파티를 열 건데 넌 초대 안 할 거야!"라고 말했다가, 찰리 브라운이 어차피 가기 싫었다고 반응하면 "쟤를 꼭 초대하자!"고 다짐하는 식이다.) 점점 더 많은 친구들이 한동네로 이사 오면서 바이올렛과 패티가 찰리 브라운과 단독으로 시간을 보내는 일은 줄어들지만, 이들은 여전히 서로를 아끼는 친구고 패티는 찰리 브라운의 야구팀 외야수를 계속 맡는다.

패티는 1960년대 들어서 서서히 존재감이 줄다가, 페퍼민트 패티의 등장(1966년)으로 조연 캐릭터로 굳어졌다. 수년에 걸쳐 슐츠가 『피너츠』의 핵심 캐릭터 수를 줄이고 있었기 때문에 '패티'라는 이름의 두 소녀가 모두 등장하는 것은 무리였다.

패티 모델 시트. CSCA 제공

45

셔미 1950년 10월 2일에 첫 등장

찰리 브라운의 소꿉친구인 셔미*는 항상 친구와 캐치볼을 하거
나 영화관에 가거나 산책할 준비가 되어 있다. 동네 아이들은 침
착하고 상냥한 셔미를 신뢰한다. 야구부 팀원이 부족하거나 도
움이 필요할 때 언제든 불쑥 손을 내밀어도 그 손을 기꺼이 잡아
주는 친구인 것이다.

셔미는 내성적이어서 루시, 라이너스 등의 개성 강한 캐릭터들이
등장하며 점점 비중이 줄었다. 슐츠는 점차 셔미를 '튀지 않는 캐
릭터가 필요할 때만' 등장시켰다고 한다.

셔미의 공식적인 마지막 등장은 1969년 6월 15일이었다. "정
말이야?"라는 마지막 대사가, 마치 그날을 끝으로 자신이 더 이
상 등장하지 않는다는 사실을 스스로 알고 있다는 듯 느껴진다.
셔미는 1950년 10월 2일, 『피너츠』의 최초 연재분에서 첫 대사
를 한 역사적인 캐릭터다! "좋은 녀석이야, 찰리 브라운… 저 자
식 정말 싫어!"와 같은 그의 대사에서 에피소드의 모든 분위기가
이미 결정된 것이다.

* 셔미는 찰스 슐츠의 고등학교 친구의 이름이다. 당시 슐츠가 셜록 홈스에 빠져서
  스케치북에 셜록 홈스 만화를 그렸는데, 그 만화를 좋아해준 팬이었다고 한다.

▲ Cameron + Co의 디자인
▶ 신문 연재에서 발췌. 찰스 M. 슐츠

▲ 셔미 모델 시트. CSCA 제공

▶ 『Love is Walking Hand in Hand』*에서 발췌. 찰스 M. 슐츠

* 1965년 출판된 책으로, 절판되었다가 최근 복간되었다.

ASTRONAUT SNOOPY

PEANUTS ™
CREATED BY *Schulz*

 # 2

CANNY CANINE OF THE COSMOS

THE KIDS ARE PLAYING SPACEMAN AGAIN!

Whatever Happened to Shermy?

Charles M. Schulz

A PEANUTS
DIGITAL
EDITION

▲▶ 스타일 가이드 아트. CSCA 제공

| "PEANUTS" | 우와, 안녕? | 나 모르지? 내 이름은 바이올렛이야. | *에헴* | 너 정말 귀엽다. | 에헴!! | 왜 내 소개를 안 해준 거야?! |

바이올렛 1951년 2월 7일에 첫 등장

바이올렛 그레이는 찰리 브라운의 동네로 이사 온 두 번째 소녀다. 찰리 브라운에게는 안타깝게도(진흙 파이를 매번 꼭 참고 맛있게 먹어 주는데도), 그를 흉보는 역할로 패티와 죽이 척척 맞아서 금세 가장 친한 친구가 된다.

풍족한 가정에서 자란 바이올렛은 종종 제멋대로 하려고 한다. 패티와 함께 파티를 계획하고 누구를 초대하지 않을지 고심하는 시간을 무척 즐기니 말이다. 하지만 그러면서도 소꿉놀이, 진흙 파이 만들기, 찰리 브라운의 야구팀에서 좌익수 맡기 등 친구들과 함께 하는 모든 활동에 즐겁게 참여한다.

패티처럼 바이올렛 역시 새 캐릭터들이 등장하며 점점 조연으로 밀려났지만, 다른 캐릭터들의 대사를 돋보이게 하는 역할을 잘 해냈다. 슐츠는 초기 조연 캐릭터들을 이렇게 회상한다. "어떤 캐릭터들은 아이디어를 전달하기에 적합하지 않았어요. 그 대신 딱 조연 역할을 위해 태어난 캐릭터들도 있었죠."

"우리 나이의 소녀들이
남자애들보다 똑똑하다는 건
과학적으로 증명된 사실이야!"

_바이올렛

바이올렛 모델 시트. CSCA 제공
▲신문 연재에서 발췌. 찰스 M. 슐츠

▲▲ 스타일 가이드 아트. CSCA 제공
▲ 'Happiness is a Warm Puppy'에서 발췌. 찰스 M. 슐츠
▶ Mudpies Like Mother Used to Make, 피너츠 디지털 에디션. CSCA 제공

샬럿 브론
1954년 11월 30일에 첫 등장

이름이 대수겠는가. 샬럿 브론과 찰리 브라운은 이름은 비슷하지만 성격은 완전히 반대다. 귀청을 찢을 듯한 목소리에 성급하기까지 한 샬럿 브론은 우유부단한 찰리 브라운과 모든 것이 다르다. 게다가 상대의 기분을 망쳐놓는 행동으로 피너츠의 친구들에게는 물론 독자들에게도 사랑받지 못한다.

『피너츠』의 팬인 엘리자베스 스웨임은 슐츠에게 편지를 써서, 샬럿 브론이 그다지 감명 깊은 캐릭터가 아니라고 자신의 의견을 밝혔다. 이에 슐츠도 개인적으로 답장을 보냈고, 그 편지는 현재 의회 도서관에 보관되어 있다.

친애하는 스웨임 씨께,

저는 샬럿 브론에 대한 당신의 제안을 받아들이겠습니다. 앞으로 샬럿 브론은 만화에 등장하지 않을 겁니다. 만일 등장한다면, 당신의 편지를 받기 전에 그려놓았거나 그녀를 좋아하는 다른 독자들을 위한 것입니다. 다만 이 무고한 캐릭터의 소멸에 당신과 당신의 친구들의 마음이 무거워질 텐데, 감수할 준비가 되셨나요? 편지 고맙습니다. 앞으로 연재할 만화가 부디 당신에게 기쁨이 되기를 바랍니다.

진심을 담아, 찰스 M. 슐츠

샬럿은 1955년 2월 1일을 끝으로 더 이상 등장하지 않았다. 편지를 주고받은 지 불과 몇 달 후의 일이었다.

▲ Not Even One Christmas Card, 피너츠 디지털 에디션. CSCA 제공

찰리 브라운의 펜(슬)팔

1958년 8월 25일에 첫 언급

찰리 브라운은 난생처음 펜팔 친구와 편지를 주고받게 된다. 친구가 사는 나라에 대해 배우고 펜촉에 잉크를 묻혀 글을 쓰는 연습도 하고 일석이조였다. 하지만 잉크펜으로 편지 쓰기가 생각보다 훨씬 고되고 지저분한 일인 걸 깨닫고, 어쩔 수 없이 '펜'팔 대신 '펜슬'팔을 하기로 한다.

> **"텅 빈 우편함보다**
> **소리가 잘 울리는 곳도 없지."**
> _찰리 브라운

찰리는 자신을 퓨마라고 생각했던 때에 대한 회상, 여동생이 태어났다는 소식, 스누피가 세운 위업 등 자신의 친구와 가족의 이야기를 미지의 친구에게 아낌없이 털어놓는다. 친구 또한 찰리의 편지를 통해 미국에서의 삶을 흥미로운 관점으로 바라보게 된다.

찰리 브라운은 펜(슬)팔로 외국인 친구를 사귈 뿐 아니라 내면의 두려움과 걱정까지 털어놓고 얘기할 수 있었다. 결국 찰리는 스코틀랜드에 사는 펜(슬)팔 친구 '모라그'를 사랑하게 되고 그녀와 함께하는 장밋빛 미래를 꿈꾼다. 하지만 그 꿈은 그녀에게 펜(슬)팔 친구가 서른 명이 더 있다는 사실을 알게 되면서 산산조각이 난다.

* 폭스트롯: 1910년대 초기, 미국에서 시작한 사교춤이다. ** 스누피의 대사는 스콧 피츠제럴드의 소설 《위대한 개츠비》에서 인용한 것이다.

빨강 머리 소녀

1961년 11월 19일에 첫 언급

찰리 브라운은 같은 반 친구인 빨강 머리 소녀에게 푹 빠져 있다. 하지만 소녀는 찰리의 존재조차 모른다. 소녀에게 자신을 어떻게 소개할지 고민하며 수많은 점심시간을 외롭게 보내지만, 정작 인사 한 마디 건넨 적이 없으니까!

빨강 머리 소녀와 만날 기회가 몇 번 있었지만, 운명에 (그리고 찰리의 우유부단함에) 번번이 가로막힌다. 학급 과학 프로젝트에서 한 팀이 되는 기막힌 행운이 찾아오지만, 찰리가 계속 피하기만 하니까 소녀는 다른 팀으로 옮긴다. 소녀가 나쁜 친구에게 괴롭힘을 당할 때도 찰리는 우물쭈물한다. 결국 소녀를 지켜준 건 라이너스였다. 찰리는 무도회에서 멋진 모습을 보여서 만회하려고 피나는 연습을 하지만, 소녀의 폭스트롯 파트너 자리마저 스누피에게 빼앗긴다.

빨강 머리 소녀 이야기는 찰스 슐츠의 과거 경험을 바탕으로 만들어졌다. 좋은 이야깃거리를 놓칠 리 없는 슐츠가 거절당했던 자신의 청혼 이야기를 찰리 브라운의 가슴 아픈 짝사랑 이야기로 녹여낸 것이다.

"뭐라도 해! 달려가라고! 어서! 어서!
넌 생전 아무것도 안 해!"

_라이너스 반 펠트

▲ 빨강 머리 소녀, 피너츠 디지털 에디션. CSCA 제공

에밀리 1995년 2월 11일에 첫 등장

찰리 브라운에게 첫눈에 반한 에밀리는 찰리에게 방과 후 댄스 수업에서 자신의 댄스 파트너가 되어달라고 요청한다. 그리고 찰리와 함께 춤을 추며 "마법에 걸린 이른 오후" 같다는 찰리의 말에 공감해 준다. 찰리는 한 주를 다음 댄스 수업을 고대하며 보내는데, 선생님이 수업에 등록한 학생 중에서 '에밀리'라는 이름은 없다고 말한다. 찰리의 친구들은 에밀리의 존재 자체를 믿지 않는다.

하지만 결국 재회에 성공한 이들은 연인 무도회장(Sweetheart Ball)에서 잊을 수 없는 저녁 시간을 보낸다. 이후에도 둘은 계속해서 댄스 수업에서 만난다. 음, 그녀가 실재한다면 말이다.

> ***"인생이라는 책에는***
> ***결코 뒤에 정답이 나와 있지 않아!"***
>
> *─찰리 브라운*

Cameron + Co의 디자인 ▲▶

동네 담벼락 1950년 12월 25일에 첫 등장

찰리 브라운은 늘 이런저런 생각으로 머리가 복잡하다. 그래서 종종 동네 담벼락에 기대 친구들에게 희망사항이나 걱정거리를 털어놓았다. 라이너스와 신학에 관해 토론하고, 루시에게 고민을 상담하고, 프랭클린과 할아버지 이야기로 수다를 떨 때는 편안하게 기댈 수 있는 허리춤 높이의 이 벽돌 담벼락만 한 것이 없다.

『피너츠』에서 담벼락은 철학적 대화나 진중한 대화를 나누기에 최적의 장소다. 그래서인지 학자나 팬들은 『피너츠』를 대단히 심오하고 철학적인 만화로 평가하는데, 정작 슐츠는 만화도, 만화가 주는 메시지도 철학과는 거리가 멀다고 겸손하게 밝힌다. "저는 결코 글재주가 뛰어난 사람이 아닙니다. 만화를 통해 철학적인 메시지를 전달하겠다고 생각해 본 적도 없지요. 저는 심리학, 정신 의학, 철학 뭐 그런 것에 대해서는 정말로 아는 것이 하나도 없습니다."

"날 좋아하는 사람들조차 날 미워해."

_찰리 브라운

▲▲ 스타일 가이드 아트. PW 제공

연 먹는 나무

1956년 4월 12일에 첫 등장
1965년 3월 14일에 명명

'연 먹는 나무'는 찰리 브라운의 집 근처에 자생하는 나무다. 다른 식물들과 달리 유독 찰리가 날린 연만 섭취한다. 새 연에 대한 선호도가 월등히 높다고 알려져 있지만, 필요하다면 낡은 연도 마다하지 않는다. 아주 드물게 장난감 피아노도 날것으로 섭취한다고. (유감이야, 슈로더!) 찰리 브라운의 형편없는 연날리기 솜씨는 역시나 슐츠의 개인적인 경험에서 기인한다. "저는 연날리기에 성공한 적이 거의 없어요. 그래서 늘 근처에 연을 날릴 만한 장소가 없다고 핑계를 댔지요. 어릴 때 살던 주택가에 나무와 전화선이 엄청 많았는데, 그때의 기억으로 연날리기에 실패하는 찰리를 그렸습니다. 나중에 내 아이들을 위해 연을 날리려고 했는데, 제가 여전히 연을 못 날리더군요. 그런데 가만 보니, 연이 높은 나무에 걸리면 별 수가 없고, 몇 주에 걸쳐 서서히 자취를 감추더라고요. 연이 분명히 어딘가로 사라지는데, 제게는 틀림없이 나무가 연을 잡아먹고 있는 것처럼 느껴졌습니다. 이렇게 해서 '연 먹는 나무'와 찰리 브라운의 잔혹한 결투 시리즈가 완성된 것이죠."

▲ 'Kites Drive Me Crazy' 피너츠 디지털 에디션. CSCA 제공

▲ 스타일 가이드 아트. PW 제공

◀ 메이시스 데이 퍼레이드(Macy's Day Parade)*에서 찰리 브라운, 뉴욕
　* 미국 메이시스 백화점의 추수감사절 기념 퍼레이드

투수 마운드

1951년 8월 24일에 첫 등장

경기 시작!! 매년 봄이면 찰리 브라운은 투수 마운드로 돌아가 자신이 속한 야구 팀의 감독을 맡고 연패 행진을 이어간다. 투수 마운드는 피너츠에서 가장 흥미로운 대화가 오가는 장소다. 찰리는 그곳에서 포수 슈로더와 토론을 하고, 2루수 라너스와 신학적 논쟁을 펼치고, 우익수 루시와 원거리 설전을 벌인다. (다만 찰리에게 던진 말이 "이 멍청아, 공 던지는 법 좀 똑바로 안 배울래?"인 점은 매우 안타깝다)

> **"만약에 이 투수 마운드가 말을 할 수 있다면,
> 분명 할 얘기가 무척 많겠지."**
>
> _찰리 브라운

찰리의 투수 마운드는 경기장에서 가장 높이 솟아 있어서 집중 호우로 경기장이 물바다가 되어도 끄떡없다. 또한 매년 봄이 왔음을 알리는 상징적인 장소다. 찰리는 매번 시즌 첫 직선타에 맞아 마운드에 고꾸라지는데, 그때 그의 글러브와 옷과 모자와 신발은 경기장 위에 어지럽게 나뒹군다!

▲ 뮤지컬 <넌 좋은 아이야, 찰리 브라운> 극장 프로그램,
샌프란시스코, Little Fox Theatre 제작, 1967년. CMSM 제공

찰리 브라운의 글러브

1951년 3월 1일에 첫 등장

해마다 봄이 오면, 찰리 브라운은 다가오는 야구 시즌을 준비하려고 옷장에서 낡은 글러브를 꺼낸다. 이따금 내야 플라이나 직선타를 잡으며 몇 달간의 경기를 마무리하고 나면 찰리는 다음 봄에 있을 훈련에 대비해 글러브에 가죽용 오일을 발라둔다.
하지만 찰리의 정성은 그 보답을 받지 못한다. 글러브는 그저 날마다 경기에 지는 찰리의 무능함과 일 년에 몇 달씩 옷장에서 긴 잠을 자야 한다는 사실에 분개할 뿐이다. 경기 결과처럼 이들의 관계도 일방적이지만, 그럼에도 찰리는 언제까지나 그의 글러브를 아껴줄 것이다.

조 쉴라보트닉

1963년 5월 7일에 첫 언급
그해 8월 18일에 명명

찰리 브라운의 야구 영웅, 조 쉴라보트닉은 경기장 안팎에서 통 기회를 못 잡는다. 하지만 그가 저조한 타율과 수비 실책으로 그린 그래스 리그(Green Grass League)로 강등되어도 그를 향한 찰리의 믿음은 흔들리지 않는다. 이후 쉴라보트닉이 와플타운 시럽스(Waffletown Syrups)의 감독으로 부임하자 찰리는 그의 첫 경기를 관람하려고 여름 캠프에서 몰래 빠져나오는데, 쉴라보트닉은 도무지 이해할 수 없는 플레이 전략을 구사해서 경기 직후 해임된다. 찰리는 팀 버스를 쫓아가 오랜 시간 부진을 겪은 자신의 영웅에게 간신히 격려의 말을 외친다.

찰리 브라운은 쉴라보트닉의 광팬이자, 아마도 세계에서 유일한 팬이다. 쉴라보트닉이 나온 풍선껌 카드를 얻으려고 야구 카드 박스를 500개나 샀다! 물론 쉴라보트닉 카드는 단 한 장도 나오지 않았지만. 반면 루시는 딱 한 박스 열었는데 쉴라보트닉 카드가 나왔다. 맙소사!

"인생은 야구랑 비슷한 것 같아,
안타도 몇 개 치지만 실점도 하지."
— 찰리 브라운

거위 알들

오스틴과 루비는 1977년 3월 11일에, 릴런드는 1977년 3월 17일에, 마일로는 1977년 3월 18일에 첫 등장!

'거위 알들'은 동네에서 가장 어린 친구들로 구성된 야구팀이지만, 결코 도전을 두려워하지 않는다. 집을 나온 찰리 브라운이 꼬꼬마 타자 루비의 초강력 파울볼에 맞아 쓰러진 적도 있다. 추가 훈련이 필요하다고 느낀 루비와 오스틴은 찰리를 감독으로 초빙한다.

찰리 브라운의 지도 아래 팀원들은 도루에서 번트까지 각종 야구 기술을 섭렵하고, 존경의 의미로 찰리를 "찰스"라고 부르기로 한다. 루비가 찰리 브라운에게 야구 용어들을 묻다가, '거위 알'이 빵점을 의미하는데 한 이닝을 무득점으로 끝냈을 때 사용하는 말인 것을 알게 된다. 그러자 팀의 이름을 "거위 알들!"로 짓겠다고 자랑스럽게 발표한다. 찰리 브라운의 짧은 임기는 성공적이었다! '거위 알들' 팀이 전 경기 승리라는 대기록을 세운 것이다. 사실은 끈질긴 꼬마들을 상대하기 싫었던 루시가 몰수패를 선택한 때도 있지만, 어쨌든 찰리 브라운의 야구 인생 역사상 가장 긴 연승 기록이었다.

▲ Boom! 만화책에 실린 포즈들, 2015 (CSCA); Cameron + Co의 디자인, 2017년

로이앤 홉스   1993년 4월 1일에 첫 등장

천재 야구 소녀 로이앤 홉스는 자신이 전설적인 야구 스타 로이 홉스의 증손녀라고 주장한다. 로이 홉스는 버나드 맬러머드의 소설 《내추럴(The Natural)》의 주인공이다. 찰리가 생애 첫 홈런을 쳐서 팀에 승리를 안기던 날 상대팀 투수가 바로 로이앤이었다. 로이앤은 "(내) 인생을 망쳐놓은" 게임이라며 분노했다. 그해 늦여름, 로이앤은 또다시 찰리에게 장내홈런을 허락하며 찰리의 야구팀에 진귀한 시즌 다승 기록을 선사한다.

그 해 여름, 찰리와 동네 아이스크림 가게에서 초콜릿 선데를 먹던 로이앤은 찰리에게 너를 삼진 아웃시킬 수 있었지만, 널 좋아해서 홈런을 치도록 허락했다고 고백한다. 낙심한 찰리는 급기야 로이 홉스는 소설에 등장하는 허구의 인물일 뿐이라고 말했고, 로이앤은 다시 한번 "내 인생은 망했어."를 외친다. 둘의 관계는 복잡하다.

▲ Cameron + Co의 디자인

여름 방학

찰리 브라운과 친구들에게 여름은 가장 특별한 계절이다. 가족 휴가, 박람회, 바다 여행, 서커스, 야구, 여름 캠프까지 모두 즐길 수 있으니까! 그것도 학교 수업 없이! (안타깝게도 숙제는 있다.)

동네 꼬마 대부분이 여름 캠프에서 최소 2주일씩 참가해서 새로운 친구를 사귀고, 새로운 기술을 배우고, 거기에 새로운 걱정거리까지 만든다. 찰리 브라운은 매년 캠프 참가를 고민하지만, 결국엔 매년 캠프를 통해 잊을 수 없는 추억을 쌓고 진한 우정을 나눌 친구를 만들었다. 페퍼민트 패티를 소개해 주는 로이, 여름 방학 동안 여자 친구가 되어주는 페기 진, 버럭 짜증을 내며 "입 다물고 나 좀 내버려 둬!"라고 외치는 텐트 친구까지 모두 여름 캠프에서 만났다.

역시나 찰스 슐츠에게도 여름 캠프는 종종 두려움의 대상이었다. "여름 캠프 에피소드에도 제가 겪었던 감정들이 고스란히 반영되었습니다. 전 여름 캠프에 가고 싶은 마음이 전혀 없었거든요. 여름 캠프는 저에게 '억지로 가야 하는 것'일 뿐이었습니다. 그런데 제2차 세계대전으로 군 복무 당시, 여름 캠프 때처럼 의욕 상실이라는 동일한 감정이 들더군요."

① ② Boom! Studios 표지, 제 25호와 6호. CSCA 제공
③ 'Your Beach Ball Just Left for Hawaii, Charlie Brown!' 피너츠 디지털 에디션. CSCA 제공
④ ⑤ ⑦ ⑧ ⑨ 스타일 가이드 아트. PW 제공 ⑥ 스타일 가이드 아트. CSCA 제공

봉지 선생 1973년 6월 16일에 첫 등장

어느 늦은 봄날 아침, 잠에서 깬 찰리 브라운은 지평선을 넘어 날아오는 거대한 야구공을 보고 소스라치게 놀란다. 태양이 야구공으로 보인 것이다. 루시의 상담소에 찾아가 자신이 갑자기 웃기도 하고 쓸쓸하기도 해서 걱정이라고 털어놓는데, 루시는 찰리의 걱정거리는 무시하고 야구공 환각 이야기만 캐묻는다. 찰리는 곧, 보름달이나 아이스크림과 같은 각종 둥근 물건들까지 야구공으로 보기 시작한다.

야구 생각이 찰리의 머릿속을 온통 차지했던지, 급기야 두피에 야구공 바늘땀 모양의 두드러기까지 난다. 당황한 찰리 브라운은 머리에 얼른 식료품 종이봉지를 뒤집어쓰고 병원에 간다. 의사는 여름 캠프에 참가해 잠시라도 야구 생각에서 벗어나는 게 좋겠다고 조언한다.

찰리 브라운이 미스터리한 모습으로 캠프에 참가하자 친구들은 엄청난 관심을 보이고 캠프 대표로 뽑는다. '봉지 선생'은 캠프 참여자 모두에게 존경받고 사랑받는 존재가 된다. 찰리는 부모님께 보내는 편지에 "이곳 캠프에서의 삶은 굉장해요."라고 쓴다. 편안한 휴식을 즐긴 지 이삼 주가 지난 7월 4일(미국 독립기념일) 저녁, 찰리는 더 이상 머리가 가렵지 않다는 것을 깨닫는다. 그는 아이들이 실망해서 캠프 대표 지위를 잃더라도, 봉지를 벗고 야구 집착증이 사라졌는지 알아보기로 마음먹는다. 이튿날 아침, 찰리는 두근거리는 심장을 부여잡고 가까스로 운동장에 서서 떠오르는 해를 본다. 다행히 더 이상 야구공은 안 보였다. 다만 불행히도 잡지 <MAD>의 마스코트인 알프레드 E. 뉴먼과 그의 유명한 캐치프레이즈가 눈에 들어왔다. "뭐라고! 내가 걱정을?(What! Me Worry?)"

맙소사!

▲ 신문 연재에서 발췌. 찰스 M. 슐츠

스타일 가이드 아트. CSCA 제공 ▶

KEEP
CALM
AND
CARRY
ON

로이 1965년 6월 11일에 첫 등장

찰리 브라운은 여름 캠프에서 로이도 자신처럼 외톨이고 친구를 사귀고 싶어 한다는 것을 알고 동질감을 느낀다. 둘은 외로움과 야구라는 공통의 관심사 덕분에 친구가 된다. 찰리 브라운은 자신의 인생 경험이 힘든 시간을 보내고 있는 로이에게 도움이 될 수 있음에 기뻐했고, 로이도 그 해 여름 '좋은 임시 친구'를 사귀었다는 사실에 기뻤다.

로이는 이듬해 여름 캠프에서는 향수병에 걸린 라이너스를 만난다. 그에게 자신의 고민을 들어주었던 둥근 머리 소년에 관해 이야기하다가, 라이너스도 찰리 브라운의 친구라는 사실을 알게 된다. 그래서 이후 찰리 브라운의 동네에 놀러가고, 야구를 좋아하는 자신의 또 다른 친구, 페퍼민트 패티를 소개해 준다!

찰리 브라운과 로이처럼, 찰스 슐츠도 매년 여름 캠프에서 느끼는 외로운 감정을 두려워했다. "군에서 보낸 3년 동안, 외로움이 주체할 수 없이 밀려오는 경험을 했습니다. 그래서 저는 우리 모두가 경험하는 외로움이라는 감정의 무게를 찰리 브라운에게 오롯이 떠넘겼습니다. 저는 낮과 밤, 주

말을 홀로 보내는 것이 어떤 것인지 알게 되었고, 불안이 얼마나 불편한 감정인지도 깨달았죠. 그곳에서의 삶, 그 모든 것이 저에겐 걱정거리였습니다. 제가 걱정을 했으니, 찰리 브라운도 걱정을 하는 것이 당연합니다."

> **"내 감정은 내가 느껴야 하는 감정과 다른 것 같아."**
> _찰리 브라운

Cameron + Co의 디자인 ▶

temporary friend.

페기 진 1990년 7월 23일에 첫 등장

찰리 브라운이 여름 캠프에서 페기 진을 처음 만났을 때, 찰리는 너무 긴장한 나머지 자신을 "브라우니 찰스"라고 소개한다. 다행히 페기는 이런 찰리를 귀여워했고, 찰리도 굳이 정정하지 않았다. 하지만 자신이 잡고 있는 공을 차보라는 페기 앞에서 시도조차 못 하고 망설이는 찰리

때문에 둘 사이에 싹트던 로맨스에는 금이 가고 만다. 그럼에도 둘은 곧 화해를 하고, 여름의 끝자락, 캠프를 떠나며 페기는 찰리에게 키스한다. 찰리의 첫 키스였다.

찰리 브라운은 자신의 만화책을 팔아서 페기 진에게 장갑을 사 주려 한다. 크리스마스를 맞아 진정한 사랑의 선물을 하려던 것이었다. 하지만 페기의 엄마가 자신이 준비한 장갑과 똑같은 것을 페기에게 선물하자 낙심한 찰리 브라운은 장갑을 스누피에게 줘 버린다. 그리고 다음번 만남은 그들의 마지막 만남이 된다. 여름 캠프에서 찰리와 다시 만난 페기가 새 남자친구와의 약속에 늦었다고 말한 것이다. 실연을 당한 찰리는 다정한 위로를 듣고 싶어서 집으로 전화를 걸어 스누피에게 말을 건넨다.

찰리와 페기의 사랑은 달콤 쌉싸름했다. 가슴 아픈 사랑으로 막을 내렸지만, 찰리는 여전히 페기와 함께한 시간을 아름다운 추억으로 간직하고 있다.

◀ Cameron + Co의 디자인

안녕하세요, 브라운 씨... 제 이름은 코맥입니다. 당신의 수영 친구지요.

제가 수영에 대해 잘 모른다는 걸 인정해야겠네요...

코는 물 위에 있어야 합니까, 물속에 있어야 합니까?

▲ Cameron + Co의 디자인

코맥

1992년 7월 17일에 첫 등장

찰리는 처음에는 캠프를 두려워했지만 나중에는 캠프 베테랑으로 거듭나, 자신의 '수영 친구'인 코맥을 비롯한 여러 어린 참가자들에게 멘토가 된다. 코맥은 찰리에게 튜브를 이용해 물 위에 뜨는 법, 나침반 사용법 등의 유용한 기술을 배운다. 그해 여름, 페퍼민트 패티와 마시도 같은 캠프에 참가하는데, 마시에게 반한 코맥은 그녀에게 이다음에 커서 꼭 모델이 되라고 말한다.

> **"지금은 내가 더 작지만, 언젠간 너보다 더 커질 거야…."**
>
> _코맥

코맥은 자신감이 넘친다. 찰리 브라운과 달리 여자아이들에게 스스럼없이 말을 건네고, 커서는 '매력남'이 될 계획이라며 당차게 포부를 밝힌다. 코맥 특유의 유들유들한 성격은 이듬해 가을 코맥이 샐리의 학교로 전학을 갔을 때와 라이너스를 샐리의 "스위트 바부(Sweet Babboo)"로 만드는 데 도움을 준다.

안녕! 난 에단이야. 방금 "공예 수업"을 받고 왔어.

우리는 인디언이 쓰던 활과 화살을 만드는 법을 배우고 있지.

이게 내가 만든 화살이야...

그게 인디언 화살이라고?

응, 이게 없었으면 인디언들은 어느 쪽으로 가야 할지 몰랐을 거라고...

넌 커서 뭐가 되고 싶어, 에단?

신문 칼럼니스트...

난 모든 것에 대해 의견이 확고하거든.

네가 입은 셔츠 진짜 멍청해 보여.

에단

1993년 7월 14일에 첫 등장

확고한 의견을 가진 에단은 커서 신문 칼럼니스트가 되어 가능한 한 모든 주제에 대해 자신의 생각을 이야기하고 싶어 한다. 찰리 브라운에게 "멍청해 보이는 셔츠"를 입었다고 비판한 것처럼 말이다. 에단은 캠프에 온 사람들을 안내하기 위해 '인디언 화살'을 만드는 등, 공예에도 소질이 있다.

▲ Cameron + Co의 디자인

슈로더

1951년 5월 30일에 아기로 첫 등장
그해 9월 24일에 처음 피아노를 치다

루시가 묻는다. "인생의 해답을 찾고 있어. 뭐가 해답이라고 생각하니?" 슈로더가 대답한다. "베토벤! 베토벤이야말로 진리야. 간단명료한 사실이지! 알겠어?"

장난감 피아노로 직접 작곡한 <슈로더의 테마에 의한 광시곡>을 연주하는 이 꼬마 천재는, 루트비히 판 베토벤처럼 음악에 일생을 바치겠다고 다짐한다. 찰리 브라운과 패티와 셔미는 아기 슈로더의 연주 실력과 베토벤을 동경하는 조숙한 모습에 경탄을 금치 못한다. 슈로더는 매년 베토벤의 생일인 12월 16일까지 기념한다.* 친구들은 베토벤을 열렬히 좋아하는 마음까지는 이해하지 못하지만, 슈로더의 재능과 음악에 대한 헌신은 확실히 인정한다.

특히 루시는 슈로더에게 반해서, 그의 피아노에 기대 앉아 유명한 음악가와 결혼하는 상상을 하곤 한다. 겉으로는 무심해 보이지만, 마음속으로는 슈로더도 루시와 함께하는 시간이 즐겁다. 물론 루시를 화나게 했다가는 피아노를 '연 먹는 나무'에게 던져 버릴 것도 잘 알고 있다. 스누피도 슈로더의 팬으로, 기분이 좋으면 음악에 맞춰 춤을 춘다.

피아노 연습이 없을 때 슈로더는 주로 야구 경기장에 있다. 찰리의 야구팀에서 믿음직한 포수이자, 타자와 외야수로서도 훌륭한데, 무엇보다 팀이 처참하게 지고 있을 때 투수 마운드로 가서 찰리에게 응원의 말을 건네는 것이 핵심 역할이다. 음악적 재능 때문이든, 포수로서의 실

력 때문이든 풍선껌 카드에 슈로더의 얼굴이 실리는 건 시간문제다.

찰스 슐츠는 꼬마 피아니스트에 대해 말하며 크게 웃었다. "슈로더요? 음, 연재 첫해에 아기 캐릭터가 필요했는데요, 그때 제 아이들이 아주 어렸고 딸 메러디스에게 막 피아노를 사준 참이었죠. 그런데 슈로더가 계속 아기에 머물러 있으면 역할을 맡을 수가 없어서, 슈로더를 엄청나게 빨리 성장시키고 베토벤 음악을 연주시켰죠."

* 세례 증명서에 적힌 날짜는 12월 17일이지만, 학자들은 12월 16일을 베토벤의 실제 생일로 추정한다. 당시에는 아기가 태어난 지 24시간 안에 세례를 받는 것이 의무였기 때문이다.

◀ ▲ 신문 연재에서 발췌. 찰스 M. 슐츠

▲ 스타일 가이드 아트. CSCA 제공

"시에 대해 공부하면
시를 망치게 돼."

_슈로더

슈로더 모델 시트. CSCA 제공

슈로더의 피아노

1951년 9월 24일에 첫 등장

슈로더는 말문도 트이기 전, 찰리 브라운이 생애 첫 장난감 피아노를 보여 준 바로 그날부터 천부적인 재능으로 멋지게 연주한다! 아직 글자도 못 읽 으면서 베토벤 피아노 소나타 29번을 친다! 이 어린 음악가에게는 피아노 가 전부다. 피아노와 떨어져 있는 모습을 찾기란 하늘의 별 따기보다 어렵 다. 피아노 위에는 그토록 좋아하는 루트비히 판 베토벤의 흉상을 놓았다.

> ### "뮤지션의 삶은 녹록지 않아."
> —슈로더

온 마음을 다해 슈로더를 사랑하며 그와의 결혼을 꿈꾸는 루시, 그리고 그의 음악에 눈물을 흘리며 감동하고 춤까지 추는 스누피 가 그의 열성팬이다.

슈로더가 연주하는 음악은 문자 그대로 살아 움직인다! 그의 피아 노에서 흘러나오는 보표와 음표는 춤추는 비글의 무게를 지탱하 고, 방에서 누군가를 쫓아내고, 심지어 그 음악을 듣는 누군가 에 의해 물리적으로 제거되기까지 한다. 베토벤조차 해낼 수 없는 일이다!

슐츠는 연재 초반에 슈로더 캐릭터를 가장 좋아했다. 하지 만 등장인물이 늘어나면서 피아노와 함께 등장하는 이 어 린 음악가의 분량은 점차 줄었다. "슈로더가 요즘 좀 뜸 했지요. 왜냐하면 제가 전처럼 음악을 많이 듣지 않거든 요. 연주회나 콘서트에 가면 슈로더에 대한 영감을 받을 수 있을 것 같아요. 저는 슈로더를 좋아합니다. 하지만 세상 물정에 꽤나 밝은 그에게도 문제는 있어요. 온 종일 까만 피아노 건반을 두드려야 직성이 풀린다 는 것과 베토벤을 미국 초대 대통령이라고 착각하 는 것이죠."

① ② ⑦ 스타일 가이드 아트. CSCA 제공 ③ Electric Company 잡지 표지, Children's Television Workshop 출판, 1984년 2월. CSCA 제공
④ ⑤ ⑥ Lucy Loves Schroeder, Happy Beethoven's Birthday, Pomp and Circumstance, 피너츠 디지털 에디션. CSCA 제공

루시 반 펠트 1952년 3월 3일에 첫 등장

'타고난 수다쟁이' 루시 반 펠트는 모든 일을 자신이 주도해야 직성이 풀리는 소녀다. 아직 모르겠다고? 몇 분만 기다려 보시라.

루시는 주관이 뚜렷하고, 제 목소리가 미치는 범위 안에 있는 모든 사람들에게 거침없이 제 생각을 말한다. 다만 문제라면, 목소리가 너무 커서 전달 범위가 너무 넓다는 것! 어떤 주제든 상대가 묻지도 않은 그녀의 의견과 속마음들을 쏟아내고, 자신의 신념에 흔들림이 없다. 루시는 평소에도 솔직하게 생각을 이야기하지만, '루시의 정신 상담소'를 방문하면 더욱 더 통찰력 있고 명쾌한 의견을 들을 수 있다. 단돈 5센트로 최고의 처방을 받을 수 있다.

"내 말대로 해! 그럼 다 맞아!"
_루시

타인의 잘못이라면 찰나의 망설임도 없이 지적하는 루시이지만, 그녀에게 단점이 없는 건 아니다. 그녀는 찰리 브라운의 야구팀에서 우익수를 맡고 있지만 경기에 영 집중하지 못한다. 단, 찰리에게 고함칠 기회를 잡았을 때만 빼고. 또한 팀의 포수인 슈로더를 짝사랑하는데, 늘상 그의 피아노에 기대 앉아서 일방적인 고백만 쏟아낸다. 슈로더는 루시의 변덕에 휘둘리지 않는 거의 유일한 인물인데, 아마도 그래서 루시가 반한 것 같다. (루시가 잠시 먼 동네로 이사 갔을 때, 슈로더가 음표 사이로 루시의 얼굴이 떠올라서 고민한 적은 있다.)

루시는 비난을 다반사로 쏘아대면서도 패티, 바이올렛, 찰리 브라운을 가장 친한 친구들로 느낀다. 또 시간이 날 때마다 동생인 라이너스와 리런과 시간을 보낸다. 라이너스를 자신의 생각대로 이끄는 건 거의 포기했지만, 리런에게는 여전히 희망을 품고 있다. 결국 세계의 여왕에게도

왕국의 질서를 바로잡아줄 누군가의 도움이 필요한 것이다.

패티와 바이올렛은 조연에 머물고 말았지만, 루시는 우유부단한 찰리 브라운과 완벽한 대조를 이루는 강력한 캐릭터로 성장했다. 둘 다 찰스 슐츠의 내면을 반영하며 조화를 이룬다. 찰리 브라운은 슐츠의 전반적인 성격을, 루시는 독특한 면을 닮았다. "제 안에도 루시는 심술궂고 비꼬는 말을 하는 부분이 있습니다. 좋은 습관은 아니죠. 하지만 루시 덕분에 저는 제 감정을 잘 배출할 수 있었어요. 각각의 캐릭터는 약점을 가졌는데, 루시에게는 슈로더가 약점이지요. 슈로더 앞에서는 천하의 루시도 감상적인 소녀가 돼요. 왜 꽃을 선물하지 않느냐고 묻기도 하고, 슈로더가 '왜냐하면 널 좋아하지 않으니까'라고 냉정하게 대답해도 이렇게 투정밖에 못 부리잖아요. '꽃은 그런 거 신경 안 쓸걸!'"

▲ 루시 바블헤드, LEGO 제작, 1959년. CMSM 제공 ▲ 루시 그림. CSCA 제공

"그런 꽃미소로도 어림 없어,
난 절대로 찌푸린 표정을 풀지 않을 거니까!"

_루시 반 펠트

루시 모델 시트. CSCA 제공
◀ 컬러 그림 스타일 가이드 아트. CSCA 제공

수다쟁이

애초부터 루시는 제멋대로 행동하는 아이다. 루시가 그렇지 않을 때는 조심해야 한다! 발칵 짜증을 부리고 당당하게 소동을 일으키는 모습이 거의 예술적으로 느껴진다. 전문 심사위원단은 『피너츠』에 루시가 등장한 이후로 매년 그녀를 "올해의 최고 수다쟁이"로 임명해 왔다. 하고 싶은 말은 다 해야 직성이 풀리는 성격 때문에 친구들은 루시를 무서워한다. 하지만 슐츠는 『피너츠』가 끝없이 이어질 수 있었던 원동력으로 바로 루시의 신경질적인 성격을 꼽는다. "저는 루시를 좋아합니다. 제게 정말 많은 아이디어를 주었거든요. 그렇다고 그 성격까지 옹호하는 건 아녜요. 제가 정말 좋아하는 캐릭터는 라이너스와 찰리 브라운이지요."

▲ 스타일 가이드 아트. CSCA 제공

"에잇, 오늘은 아무도 날 안 건드리는 게 좋을 거야."
—루시 반 펠트

▲ The World According to Lucy, 2편과 4편, 피너츠 디지털 에디션. CSCA 제공

여왕벌

전 세계가 혼란에 빠져도 아무 걱정 마시길. 여기 루시가 있으니! 그녀는 부모님, 남동생(라이너스와 리런), 친구들까지 쥐고 흔드는 골목대장으로 타고났다. 그뿐이랴, 언젠가 '여왕이 될 예정'이니까 다들 그녀의 명령에 복종하는 것에 익숙해지는 게 좋을 거다.

슐츠는 이렇게 말한다. "루시가 심술궂은 이유요? 일단 그 모습 자체로 재밌잖아요. 또한 약자가 강자를 쥐 잡듯 잡는 모습이 재미를 유발한다는 것은 만화의 전형적인 패턴이랍니다."

"올해는 나의 해니까 다들 저리 비켜!"
_루시 반 펠트

1

2

3

4

① 스타일 가이드 아트. PW 제공 ② 스타일 가이드 아트. CSCA 제공 ③ The World According to Lucy, 1편, 피너츠 디지털 에디션. CSCA 제공
④ 피너츠 문고판 제 24호, Boom! 만화책 표지. CSCA 제공

스타일 가이드 아트. CSCA 제공 ▶

루시의 정신 상담소

1959년 3월 27일에 첫 등장

야심가 루시 반 펠트에게 레모네이드 가판대는 너무 시시하다. 루시는 동네 아이들에게 유익하고 실용적인 조언이 필요하다는 생각에 직접 '정신 상담소'를 차렸다. 그리고 상담 1회당 5센트라는 합리적인 요금으로 고객들에게 고양이 공포증부터 모든 것에 대한 공포증까지, 그야말로 다양한 진단을 내린다.

루시의 조언은 가끔 사려 깊고 심오하기도 하지만("네 문제는 말이야, 찰리 브라운. 인생과 제대로 맞서 싸우려 하지 않는다는 거야.") 대부분은 직설적이고 정곡을 찌르는 비난에 가깝다. 찰리 브라운이 심한 우울증 때문에 힘들다고 털어놓을 때도 그녀의 처방은 직설적이고 간결하다. "기운을 내! 5센트입니다!"

> "토론 그룹을 짤 생각이야…
> 사람들이 내 이야기를 들으려고
> 구름처럼 몰려들겠지."
>
> _루시 반 펠트

찰스 슐츠는 루시의 정신 상담소가 독자들 사이에서 반향을 불러일으키고 있는 것이 놀랍지 않다고 말한다. "5센트짜리 정신 상담소요? 루시가 상담소를 언제, 왜 시작했는지 잘 기억은 안 나요. 그게, 사회에서 살아가는 누구나 단돈 5센트 정도에 찾아가서 1시간쯤 얘기 나눌 누군가가 필요하잖아요. 그렇게만 된다면 거리에는 위험한 사람들이 거의 없어질 거예요."

① 피너츠 문고판 제 16호, Boom! Studios 만화책 표지. CSCA 제공
② ⑤ Psychiatric Help, 1권과 2권, 그리고 The World According to Lucy, 피너츠 디지털 에디션. CSCA 제공
③ Ms. 잡지 표지, Ms. Magazine Corp. 출판, 1976년. CMSM 제공
④ Saturday Review 잡지 표지, Saturday Review Inc. 출판, 1969년. CMSM 제공 ⑥ Lucy and the Flying Ace, 석판화에 수채 물감, 찰스 슐츠. CMSM 제공

BONUS: 16-PAGE HANDBOOK

HOW TO START YOUR OWN BUS

**TRASHING:
WHEN "SISTERS"
TURN ON YOU**

**MY LIFE
IN A
36DD BRA**

APRIL/1976 $1.00

Ms.

WHY CAN'T

THR

LI

MIDD

D

AN

SR's SEVENTEENTH ANNUAL ADVERTISING AWARDS

Saturday Review

April 12, 1969   50¢

PSYCHIATRIC HELP
and
MAGAZINES

THE DOCTOR
IS VERY IN

The Not-So Peanuts World of Charles M. Schulz
(See Communications)

BIAFRA AND THE AMERICAN CONSCIENCE
by Senator Charles E. Goodell

LUCY, INC.

LEMONADE 5¢

LEMON
BURGER 25¢

LEMON
SEEDS
5¢

LEMON
KISSES
49¢

IRREGULAR
1¢ OFF

Ms. LUCY VAN PELT, PROP.
IS [IN]

LEMON
LESSONS
10¢

LUCY: Copr. © 1952 United Feature Syndicate, Inc.

The World According to **Lucy**
Part Three

CHARLES M. SCHULZ

PSYCHIATRIC
HELP 5¢

THE DOCTOR
IS [IN]

A PEANUTS
DIGITAL
EDITION

PSYCHIATRIC
HELP 5¢

THE DOCTOR
IS [IN]

라이너스 반 펠트

1952년 7월 14일에 첫 언급
그해 9월 19일에 첫 등장

루시의 남동생이자 리런의 형인 라이너스 반 펠트는 손에 거의 항상 애착 담요(Security Blanket)를 들고 있다. 그것 때문에 어리광쟁이로 오해받지만, 사실 그는 진정한 철학가다. 동네에서 가장 사려 깊고 확고한 생각을 가진 꼬마다. 하지만 당찬 누나와 깔끔쟁이 할머니에게는 엄청나게 나약하고 한심한 골칫덩이일 뿐이다.

> "귀여운 게 전부는 아니야… 도서관의 제본용 풀 냄새가 나는 소녀라면, 그게 누구든 그녀와 사랑에 빠져."
>
> _라이너스 반 펠트

라이너스는 열혈 독서가여서 성서와 고전문학을 읽고 몇 시간씩 토론하기를 즐기는데(찰리 브라운과의 담벼락 토론을 생각해 보라), 한편으로는 저녁에 누나 루시가 좋아하는 TV 프로그램을 함께 시청하는 것도 매우 좋아한다. 그렇다고 운동에도 빠지지 않아서 찰리 브라운의 야구팀에서 핵심 멤버를 맡고 있다. 2루수인 라이너스와 유격수인 스누피는 환상의(그리고 환장의) 더블 플레이를 보여주곤 한다.

라이너스는 느긋하다. 사람들의 말도 잘 들어준다. 아마도 평소에 '여왕벌' 누나가 말 한마디 할 틈도 주지 않기 때문이리라. 이웃들 모두와 두루두루 친한데, 특히 찰리 브라운과 막역하다. 샐리 브라운(찰리의 여동생)과의 관계는 조금 복잡하다. 샐리가 라이너스를 좋아해서 "스위트 바부"라고 부르는데, 라이너스는 그 애칭이 질색이다.

라이너스는 열렬한 지지자들이 많은데 찰스 슐츠도 그 중 하나다. "라이너스는 혼자서도 충분히 이야기를 끌어갈 수 있는 파워풀한 캐릭터입니다. 가장 큰 약점이야 물론, 담요가 없으면 불안해서 못 견디는 거죠. 하지만 라이너스는 매우 영리해요. 성경을 인용하거나 깊은 메시지를 전달하고 싶을 때, 저는 라이너스를 통해 전달하는 것을 가장 좋아합니다. 보통 똑똑한 아이가 아니거든요. 다만 절대 강자 루시가 누나고, 도시락 쪽지를 '모범생 되기' 공익 캠페인 카피처럼 써서 넣어주는 엄마에, (본인은 하루에 커피를 32잔이나 마시면서) 담요 집착을 당장 고치라고 펄펄 뛰는 할머니가 있지요. 찰리 브라운의 말처럼, 담요에 집착하는 것도 무리가 아닙니다. 저는 라이너스의 이야기를 쓰는 게 좋습니다. 훌륭한 캐릭터예요."

◀ 피너츠 문고판 제 14호, Boom! Studios 만화책 표지. CSCA 제공 ▲스타일 가이드 아트. CSCA 제공

① 스타일 가이드 아트. PW 제공 ② 라이너스 모델 시트. CSCA 제공 ③ ④ 신문 연재에서 발췌. 찰스 M. 슐츠

▲▲ Linus, That's a Weird Looking Snowman; It's Starting to Rain, Charlie Brown; Slurp, Slop, Slurp; 피너츠 디지털 에디션. CSCA 제공
▲신문 연재에서 발췌. 찰스 M. 슐츠

라이너스의
애착 담요

1954년 6월 1일에 처음 등장한다

라이너스 덕분(!)에 '애착 담요'라는 말이 생겼다. 라이너스는 동네에서 가장 사려 깊고 침착한 아이지만, 특정한 담요가 없어지면 극도로 불안해 한다. 플란넬 재질의 '소풍용' 연파랑색 담요는 라이너스에게 평화와 안정을 준다. 하지만 루시 누나나 담요를 싫어하는 할머니나 스누피가 담요를 빼앗아갈 때면 공황 상태에 빠진다. 특히 스누피는 이빨로 라이너스의 담요를 휙 잡아채서 줄행랑치기를 좋아한다. 종종 라이너스를 끝에 매단 채로!

스누피는 다재다능한 변신의 귀재답게 담요도 기상천외한 용도들로 변신시킨다. 공격용 무기, 낙하산, 접이식 비행기, 해먹, 스누피나 우드스톡의 스포츠 코트용 자기 방어 도구…. 물론 담요가 이러한 용도로 쓰일 때마다 라이너스는 큰 충격을 받고 어쩔 줄 몰라 한다.

찰스 슐츠는 『피너츠』에서 '애착 담요'라는 표현을 대중화하면서, 연령을 불문하고 모든 사람들이 위로와 안정의 필요성에 공감한다고 느꼈다. "담요에 대한 라이너스의 사랑은… 물건에 대한 우리의 집착을 상징해요. 말하자면 '어른의 부족함' 말입니다. 버려야 할 습관을 버리지 못하는 무능함 말이죠. 무언가에 대한 집착을 무조건, 전부 다 반대하는 건 아녜요! 예수의 존재를 받아들였다고 해서 모든 문제가 알아서 척척 해결되는 것도 아니고, 외로움과 불행에서 해방되는 것도 아니니까요. 주변에서 일어나는 모든 일을 속속들이 알고 있다면, 어떻게 항상 행복할 수 있나요? 다만 어떤 어른들의 습관은 참 우스꽝스럽죠."

① ② ④ ⑤ 스타일 가이드 아트. PW 제공
③ Science Digest 잡지 표지, Hearst Corporation 출판,
1986년. CMSM 제공 ⑥ 피너츠 문고판 제 8호, Boom! Studios
표지, 2014년. CSCA 제공

SECURITY IS a thumb and a blanket

SCIEN digest

COPING WITH ANXIETY

Science Tackles America's No.1 Mental Health Problem

CRYING ISN'T GOING TO HELP

Security! is a THUMB & a BLANKET

4

5

SOMETIMES A BLANKET IS A CAPE IN DISGUISE.

6

철학가

동네에서 가장 똑똑한 꼬마인 라이너스는 친구들이 가끔씩 못 알아들어도 함께 철학, 신학, 문학을 토론하고 싶어 한다. (하늘의 구름을 보고 온두라스 지도를 연상하고, 돌팔매질을 당하는 성 스테파노를 떠올린다!) 하지만 아무리 생각이 깊고 영리해도, 어린아이는 어린아이이다. 라이너스의 호박 대왕 이야기를 들으면, 누구라도 동의할 것이다.

사실 라이너스를 탄생시킨 찰스 슐츠는 '우리 시대의 대중적 철학가'라는 평가를 듣는다. 정작 그는 자신이 그런 말을 들을 자격이 있는지 잘 모르겠다고 손을 내젓지만. "사람들이 '당신의 철학에 정말 감탄합니다'라고 말하면, 솔직히, 대체 그게 무슨 소린지 모르겠습니다. 저조차도 제 철학이 뭔지 모르니까요."

▲ 스타일 가이드 아트. CSCA 제공

찰스 M. 슐츠의 오리지널 아트 ▶

호박 대왕

1959년 10월 26일에 첫 언급

모든 사람은 제 안에 모순을 품고 산다. 가장 똑똑한 독서가이자 토론가인 라이너스가, 비과학적이라고 산타클로스의 존재에 콧방귀를 뀌는 철학가 라이너스 반 펠트가, '호박 대왕'을 맹신하며 대왕님에 대한 일체의 논의를 배격하는 모습을 보라.

'매년 핼러윈 날 밤이면, 호박 대왕님이 가장 진정성이 느껴지는 호박밭 위로 솟아 나와, 공중을 날아다니며 세상의 모든 착한 아이들에게 장난감을 나누어준다.'

이것이 호박 대왕을 향한 라이너스 반 펠트의 진지한 믿음이다. 친구들과 동네 주민들이 불신하고 조롱해도, 라이너스는 핼러윈 몇 주 전부터 호박 대왕 복음을 전파하며 그를 기다린다. 하지만 그의 신앙심은 매년 시험에 든다. 호박 대왕이 단 한 번도 라이너스를 찾아오지 않기 때문이다. 그러나 라이너스의 믿음은 결코 흔들리지 않는다.

마지못해 이렇게 인정할 뿐이다. "나는 사람들과 절대 의논하지 않는 세 가지가 있어. 종교, 정치, 그리고 호박 대왕님."

① ⑤ ⑥ 스타일 가이드 아트. CSCA 제공
② The Great Pumpkin, 피너츠 디지털 에디션.
CSCA 제공
③ It's the Great Pumpkin,
Charlie Brown; 데이브 퍼릴로
(Dave Perillo), 한정판 프린트,
Dark Hall Mansion 제공
④ 스타일 가이드 아트. PW 제공
⑦ The Great Pumpkin 포스터.
CSCA 제공

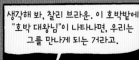

▲ It's the Great Pumpkin, Charlie Brown: 마이클 데 피포 (Michael De Pippo), 한정판 프린트, Dark Hall Mansion 제공

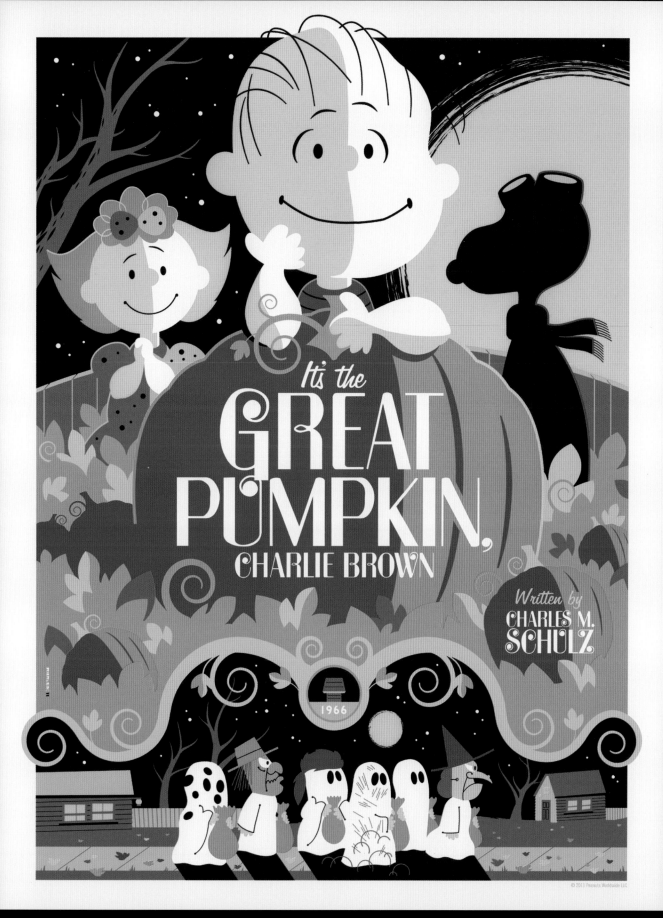

▲ It's the Great Pumpkin, Charlie Brown: 탐 웨일런(Tom Whalen), 한정판 프린트, Dark Hall Mansion 제공

5와, 쌍둥이 3과 4

5는 1963년 9월 30일에 첫 등장
3과 4는 이튿날인 10월 1일에 첫 언급, 10월 17일에 첫 등장

생일, 주민등록 번호, 전화번호, 키, 몸무게, 주소… 때론 인생이 온통 숫자로 이루어진 것처럼 느껴지는 날이 있다. 특히 자신의 이름이 555 95472, 줄여서 5인 경우라면 더더욱.

너무 많은 숫자에 압도된 5의 아빠는 자신의 성을 95472로 바꿔 버리는데, 바로 캘리포니아 세바스토폴(당시 슐츠가 살던 곳)의 우편 번호다. 한술 더 떠 아들의 이름은 5로, 쌍둥이 딸의 이름은 3과 4로 개명해 버린다. '숫자를 이름으로 사용하다니 편리하겠는걸!' 하고 생각할 수도 있지만 그리 간단한 문제가 아니다. 스누피는 5를 "파이브(five)"라고 발음해야 하는지 로마 숫자 "V"로 발음해야 하는지 혼란스러워 하고, 5의 선생님도 5의 성을 정확하게 발음하는 데 어려움을 겪는 것으로 보인다. (팁을 주자면, 강세는 2나 5가 아닌 4에 있다. 자, 읽어 보라!)

5의 모델 시트. CSCA 제공

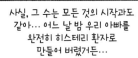

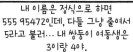

◀ 3,4의 모델 시트. CSCA 제공   ▲ Cameron + Co의 디자인

리디아 1986년 6월 9일에 첫 등장

라이너스가 자신보다 생일이 두 달 빠르다는 걸 알고 리디아는 이렇게 물었다. "나랑 어울리기엔 나이가 너무 많지 않니?" 둘의 관계를 잘 보여주는 질문이다!

변덕쟁이 리디아는 라이너스에게 크리스마스카드를 받고 싶으면서도 주소를 알려주지 않고, 라이너스의 생일이 10월이어서 불만이면서도 정작 1살이나 더 많은 남자아이들과 종종 함께 논다. 이러한 모순적인 태도 때문에 리디아는 라이너스의 반 친구들 중에서 가장 답답하고 흥미로운 존재다…. 라이너스가 리디아에게는 좀 늙었더라도.

피너츠의 유머는 대부분 찰스 슐츠의 경험에서 나온다. 리디아가 라이너스를 일상적으로 무시하는 장면도 마찬가지다. "모두들 제 경험이라고, 제 경험이 만화에 반영되었다고 생각합니다. 예술학교에서 제 책상에 앉아 있는데 (아마 26살이었을 거예요) 제대로 되는 일이 하나도 없을 때였죠. 변변찮은 데이트도 한 번 못하던 시절. 외로웠습니다. 그러다가 서명이 필요한 편지 몇 장을 들고 온, 정말 예쁜 여성을 보았어요. 그녀가 강의실을 걸어 다니는 모습을 매일 지켜봤어요. 그리고 엄청난 용기를 내어 말을 걸었죠. '같이 저녁 먹고 영화 보지 않을래요?' 그때 그녀가 이렇게 말하더군요. '저한텐 나이가 좀 많지 않은가요?' 맙소사. 차라리 그녀가 제 코라도 한 대 때리는 편이 더 나았을 거예요."

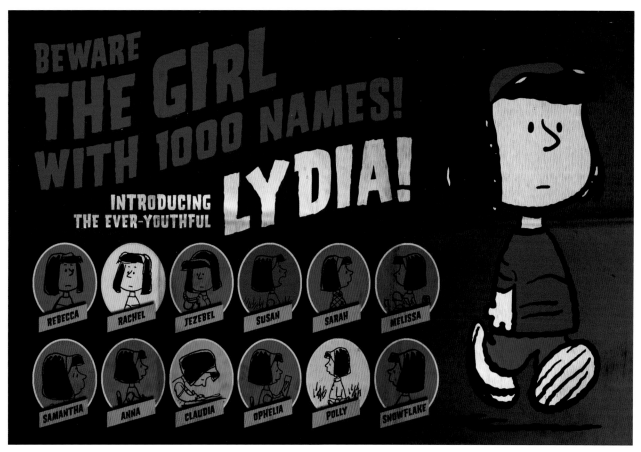

▲ Cameron + Co의 디자인

트러플스 1975년 3월 31일에 첫 등장

라이너스와 스누피는 진미 중의 진미인 트러플(송로 버섯)을 찾기 위해 원정대를 꾸려 길을 떠난다. 하지만 트러플을 찾는 데 실패하고 '트러플스'네 농장으로 들어가게 된다. 손녀가 "트러플만큼이나 귀하다"는 뜻으로 할아버지가 지어준 이름이라고 했다.

라이너스와 스누피는 트러플스에게 둘 다 한눈에 반하지만, 이후 농장으로 가는 길을 기억하고 찾아갈 수 있었던 것은 스누피밖에 없었다. 라이너스는 크게 상심한다.

트러플스와 라이너스는 학교 소풍 덕분에 재회하지만, 질투의 화신인 샐리가 라이너스를 말 그대로 지붕 위로 올려 보내버린다. 헬리콥터로 변신해서 라이너스를 구하러 온 건 스누피였다(베트남에서 기술을 배웠다고 주장하는 우드스톡이 조종을 맡았다). 스누피는 라이너스를 안전한 곳에 내려주었고, 그 후로 트러플스과 라이너스는 만나지 못한다.

▲ Cameron + Co의 디자인

좋은 아침이야... 난 새로 전학 왔어... 지금부터 내 소개를 해볼게...

내 이름은 타피오카 푸딩이야.

우리 아빠가 내 이름, 내 금발 머리, 내 미소로 백만 달러를 벌 수 있을 거라고 하셨어...

© 1986 United Feature Syndicate, Inc.

9-4

아빠가 상표 등록을 하고 있거든!

SCHULZ

타피오카 푸딩

1986년 9월 4일에 첫 등장

타피오카 푸딩은 자신이 언젠간 스타가 될 거라는 사실을 모두가 알아주길 바란다! 라이선싱 업계에 있는 타피오카 푸딩의 아빠는 딸의 미소를 티셔츠, 생일 축하 카드, 텔레비전을 비롯한 모든 곳에 새겨 넣어 라이선싱을 통해 마케팅 제국을 건설하는 꿈을 꾼다. 타피오카 푸딩이 라이너스에게 꼭 집어 말했듯, 자신이 라이너스의 여자 친구가 된다면 라이너스는 앞으로 지갑에 그녀의 사진을 넣어 다닐 필요가 없는 것이다. 도시락 통에 이미 타피오카 푸딩의 얼굴이 새겨져 있을 테니까.

그녀가 『피너츠』에 등장한 시간은 매우 짧다. 라이선싱이라면 빠지지 않는 찰스 슐츠도 타피오카 푸딩이 주연 캐릭터는 아니라고 생각했다. "라이선싱을 위한 캐릭터를 만드는 것이 가능한 일인지는 잘 모르겠습니다. 그러려면 그 캐릭터가 어딘가에 살아 있어야 하는 것이 우선이겠죠. 캐릭터로서 가치 있어지기 전에 어떤 성격과 외모도 갖추어야 하고요."

▶ Cameron + Co의 디자인

오스마 선생님

1959년 10월 5일에 첫 언급
이튿날인 10월 6일에 정식으로 명명

"보석 중에 보석이야." 수제자 라이너스에 따르면, 오스마 선생님은 세계 최고의 선생님이다! 라이너스는 선생님을 만난 즉시 짝사랑에 빠졌지만, 학교 프로젝트에 쓸 달걀 껍데기를 집에서 가져오는 일을 매번 잊고 절망의 구렁텅이에 빠진다.

오스마 선생님은 헤이그마이어 씨와 결혼하며 잠깐 은퇴했다가, 학교가 그리워서 다시 돌아온다. 라이너스는 남편의 성을 따라 바뀐 이름 말고 계속 "오스마 선생님"으로 부른다.

TV 방영분이나 영화에서 오스마 선생님의 목소리는 트롬본 소리로 대체되었다. 슐츠가 어린 시절 정규 교육을 매우 싫어했기에, 『피너츠』에서 반복적으로 등장하는 최초의 어른이 오스마 선생님인 것은 꽤나 놀랍다.

"저는 선생님 말씀을 아주 잘 듣는 학생은 아니었습니다. 좋아했던 선생님도 많았지만, 무서웠던 선생님이 훨씬 더 많았어요."

신문 연재에서 발췌. 찰스 M. 슐츠 ▶

핼러윈 1951년 10월 31일에 연작 첫 번째 이야기가 시작

10월 31일, 찰리 브라운은 친구들과 코스튬을 차려입고 이웃집을 순회하며 '사탕 안 주면 장난칠 거예요(trick-or-trreat)'를 외친 다음, 동네의 큰 핼러윈 파티에 참석한다. 하지만 딱 한 명, 라이너스는 호박 대왕님의 발치라도 볼 수 있길 희망하며 조용한 호박밭에서 핼러윈을 보낸다. 신비에 싸인 호박 대왕님이 핼러윈 날 밤 착한 아이들을 찾아가 선물을 준다고 믿기 때문이다.

<사이콜로지 투데이(Psychology Today)>와의 인터뷰에서 찰스 슐츠는 이렇게 밝혔다. "호박 대왕 아이디어를 어디서 얻었는지 정확히 기억나지는 않아요. 그래도 똑똑하지만 순수한 라이너스를 주제로 핼러윈 에피소드를 그리던 순간은 생생합니다. 라이너스는 핼러윈과 크리스마스를 혼동해요. 왜냐면 그는 한 휴일을 앞서 있거든요. 그러니 핼러윈의 모든 것이 크리스마스의 패러디가 되고, 라이너스는 산타클로스의 역할을 호박 대왕에게 투영하게 된 거죠."

① 핼러윈 코스튬 초기 디자인. CSCA 제공 ② 스타일 가이드 아트. CSCA 제공 ③④⑤⑥ 스타일 가이드 아트. PW 제공 ⑦ Look & Find. CSCA 제공 ⑧ Got Milk(미국의 우유 소비 촉진 캠페인) 광고. CSCA 제공

픽 펜 1954년 7월 13일에 첫 등장

가는 곳마다 구름 먼지를 몰고 다니는 픽 펜은 만나는 모두에게 강렬한 인상을 남긴다! (우선 이름부터 남다르지 않은가! 이름이 '돼지우리'라니!) 픽 펜은 최선의 (사실은 최소한의) 노력을 해도 늘 자석처럼 먼지를 끌어모은다. 항상 제일 좋아하는 작업복 차림에 옷과 얼굴과 손은 온통 흙먼지로 뒤덮여 있다.

친구들은 조금은 지저분한, 있는 그대로의 픽 펜을 받아들이는 법을 배우고, 찰리 브라운도 그런 그를 응원한다. 찰리 브라운은 패티에게 이렇게 말한다. "픽 펜이 끌고 다니는 게 과거 어떤 문명에 존재하던 흙과 먼지일 수도 있다고 생각해 본 적 있어? 고대 바빌론의 먼지가 픽 펜의 몸에 붙어있을지도 몰라."

> *"여러 시대를 통과한 먼지가
> 내 몸에 붙어 있는 거지…
> 내가 역사를 어지럽히고 있는 건가?"*
> _픽 펜

가끔은 픽 펜도 깨끗해지려고 노력했다. 그 노력이 오래가지는 않지만. 학교 무도회에 참석했을 때가 가장 성공적이었다. 반 친구들이 깔끔해진 그를 못 알아보는 바람에 입구에서 퇴짜를 맞는다! 픽 펜은 지저분한 자신의 모습을 받아들이고, 그 모습 그대로가 자기 자신임을 인정한다. 그래서 아무리 씻어도 손이 깨끗해지지 않자 픽 펜은 엄마에게 말한다. "돌아올 수 없는 강을 건넌 것 같아요!"

▶ 신문 연재에서 발췌. 찰스 M. 슐츠

『피너츠』에 등장하는 대규모 캐릭터 군단에 관해서 찰스 슐츠는 이렇게 생각한다. "현재 20명의 캐릭터가 있지만, 실제로는 단 6명뿐이라고 할 수 있죠. 나머지 캐릭터들에게는 충분한 '입체감'을 불어넣어 주지 못했습니다. 예를 들면 픽 펜도 그가 지저분할 때에만 빛을 발하잖아요. 사실, 그렇게까지 목욕이 필요한 어린 소년에 대해서는 그다지 신경을 쓰지 않지요."

스타일 가이드 아트. CSCA 제공 ▶

픽 펜 모델 시트. CSCA 제공

▲ 픽 펜 바블헤드, LEGO® 제작, 1959년. CMSM 제공

▲ Cleanliness Is Next to Impossible!!, 피너츠 디지털 에디션. CSCA 제공

샐리 브라운

1959년 5월 26일에 첫 언급
그해 8월 23일에 첫 등장

찰리 브라운의 여동생인 샐리 브라운은 최고로 다정하고 친절한 소녀다. 하지만 동시에 더없이 냉소적이고 신중하지 못하다. 그녀의 인생관은 복잡하고 모순이 많은데, 결국은 선한 본성을 보여준다. 물론, 그렇지 않을 때 빼고.

샐리는 입학하자마자 학교 때문에 골머리를 앓는다. 방학과 동시에 개학이 언제일지 걱정이 돼서 방학을 편하게 보내질 못한다. 급기야 학교에 환멸을 느끼고, 선생님과 학교 친구들을 믿지 않는다. 학교에서 배우는 그 어떤 것도 미용사나 주부라는 미래의 꿈에 실질적인 도움이 되지 않을 거라고 생각한다. 그래서 학교와 일상에서 복잡한 상황을 처리해야 할 때면 개똥철학을 들이민다. "내가 뭘 알겠어?", "내 탓하지 마." 혹은 고전적인 대사를 읊는다. "알 게 뭐야? 내가 어떻게 알아? 내가 제정신이 아니라는 거야?"

샐리는 되도록 아무 노력도 않고 살고 싶다. 그래서 운동을 멀리하고, 빈백 캠프(Beanbag Camp)에 등록해서 여름 내내 TV를 보며 정크푸드를 먹으며 보낸다. 단 "스위트 바부" 라이너스에게 사랑을 고백하는 일만은 정성을 들인다. 물론 라이너스는 반려동물의 이름 같은 이 애칭을 언제나 극도로 싫어한다. 이 모든 상황에도 불구하고, 샐리는 늘 최선을 다하려고 노력한다. 물론, 그렇지 않을 때 빼고.

찰리 브라운의 가족에 대한 질문에서 찰스 슐츠는 이렇게 말했다. "동생 샐리는, 흠… 완전히 실용주의자죠. 개인적으로는 샐리를 별로 좋아하지 않습니다. 오빠 찰리에게 무례하게 굴잖아요. 샐리 때문에 종종 화가 나요. 그래도 '이런! 센티미터(지네 centipede와 혼동한 것)가 한 마리라도 이 방에 들어오면, 난 그걸 밟아서 죽여 버릴 거야!'와 같은 그녀의 말투가 아주 매력적인 건 인정합니다."

"왜 모든 게 이렇게 복잡해야만 하지?"
_샐리 브라운

1

"오빠가 내 숙제 도와주면, 이다음에 내가 부자가 되고
유명해졌을 때, 오빠한테 말 걸어줄게."

_샐리 브라운

2

3

4

① 스타일 가이드 아트. PW 제공 ② 샐리 모델 시트. CSCA 제공 ③ ④ 스타일 가이드 아트. CSCA 제공

찰리의 여동생

샐리는 찰리와 성격이 정반대다. 찰리는 부끄러움이 많고 내성적이고 걱정이 많은데, 샐리는 활달하고 고집이 세고 낙천적이다. 오빠에게 재빨리 조언을 구했다가, 재빨리 그 조언을 무시한다. 오빠가 병원에 가거나 2주짜리 여름 캠프를 가느라 집을 비우면, 오빠 방을 차지해 버린다. 하지만 서로 정반대의 성격에도 불구하고, 샐리는 찰리 브라운을 사랑하고 자신이 찰리에게 언제든지 의지할 수 있다는 사실을 알고 있다. 미우나 고우나 찰리는 믿음직스러운 오빠니까.

"달력? 왜 나한테 이렇게 복잡한 걸 주려는 거야?" _샐리 브라운

스타일 가이드 아트. PW 제공

124

"나 더 나은 사람이 되기 위해 노력하기로 결심했어…
물론 당장 노력하겠다는 건 아니야… 아마도 며칠 후부터…" _샐리 브라운

① 코믹콘(Comic-Con) 엽서, 2013. CSCA 제공
② 스타일 가이드 아트. PW 제공
③ 스타일 가이드 아트. CSCA 제공

"만사 오케이! 이것이 나의 새로운 인생철학."

_샐리

스타일 가이드 아트. PW 제공▲▶

▲▶ You Shouldn't Be Watching This Program, Circle the Zambonis, 피너츠 디지털 에디션. CSCA 제공

학교 1974년 8월 31일에 첫 등장

샐리는 학업에 그다지 열정이 없어서, 매년 여름이 끝나고 새 학기가 시작되는 것이 두렵다. 그래서 종종 학교 건물에다 자신의 불만을 토로하는데, 건물 또한 그녀의 이야기에 공감해줄 귀를 (또는 벽돌을) 제공할 의사가 있다. 학교 건물 자체도 철학적이기 때문이다. 자신이 학교가 아니라 공항 터미널이나 디스코 클럽이었다면 삶이 달라졌을 거라고 생각한다나.

어느 날 밤, 샐리가 다니던 학교 건물이 갑자기 무너져 (아마도 피로나 긴장 때문이었으리라.) 샐리와 찰리가 마을 반대편에 있는 학교로 전학을 가야 했다. 루시를 비롯한 다른 친구들은 샐리가 왜 학교 건물에 대고 말을 하는지 이해하지 못하지만, 샐리는 즉시 이 학교 친구들과 친해진다. 학교가 말했듯, "학교는 살아 있다!"

▲ 신문 연재에서 발췌. 찰스 M. 슐츠

유도라

1978년 6월 13일에 첫 등장

예전에 오빠 찰리가 그랬듯, 샐리도 자신은 여름 캠프에서 즐거운 시간을 보내지 못할 거라고 확신한다. 하지만 평범한 경험도 새 친구를 만나면 소중해진다. 유도라와 샐리는 여름 캠프행 버스에서 처음 만났다. 둘은 서로 인생관이 비슷하고, 실제 캠핑 경험이 부족한 것도 비슷한 것을 알자 급속도로 친해진다.

> "내가 아무런 잘못도
> 하지 않는 날은
> 토요일 단 하루밖에 없어."
> _유도라

그해 가을, 유도라가 샐리네 학교로 전학을 오면서, 둘은 함께 밤새 야영도 하고 샐리네 집에 모여 자주 함께 놀기도 하며 돈독한 사이가 된다. 매사에 느긋한 성격인 유도라는 샐리의 친구들과도 금세 친해진다. 학교 밖에서 찰리 브라운, 스누피, 라이너스와도 자주 어울린다. 그래도 수년 동안 샐리와 제일 친했다. 유도라가 샐리의 "스위트 바부"에게 별 관심이 없었기 때문이 아닐까.

◀ Cameron + Co의 디자인

래리 1991년 5월 28일에 첫 등장

샐리는 성경 교실에서 래리를 만난 후에야 비로소 학교 선생님들께 감사하는 마음을 가진다. 래리는 목소리가 가장 큰 학생인데, 그 열정의 크기는 구약성서에 대한 지식의 깊이와 별 상관이 없었다. 스콧 피츠제럴드의 장편 소설 《위대한 개츠비》가 홍해의 기적에서부터 골리앗 이야기에 이르기까지 다양한 사건에 관련되어 있다고 주장하기 때문이다.

이런 패기 어린 발언 때문에 샐리는 래리를 성경 교실에서 쫓아낸다. 그런데 며칠 후 샐리는 그의 아버지가 목사님인 것을 알게 된다. 한편 래리는 자신의 행동에 부끄러움을 느껴서 샐리의 집으로 찾아가 사과하고, 샐리가 좋아서 그랬다고 고백한다. 아버지께 호된 꾸지람을 들으면서도 《위대한 개츠비》에 대한 래리의 집착은 계속된다. 그는 샐리의 집을 떠나며 앞으로는 샐리를 생각할 때마다 개츠비와 데이지의 선착장 끝에서 빛나는 초록 불빛을 기억하겠노라고 약속한다.

▲ Cameron + Co의 디자인

지금까지는 괜찮은 크리스마스 연극이었어, 찰리 브라운...

네 여동생은 언제 나와?

춤추는 양 바로 다음에... 샐리가 나와서 "할크!(Hark!)"라고 외치면, 해럴드 에인절이 노래를 부를 거래.

해럴드 에인절?

나도 샐리한테 들은 거야...

* <Hark! The Herald Angels Sing(들어보라! 천사 찬송하기를)>이라는 찬송가가 있다. 제목에 'Herald Angels(해럴드 에인절스)'라는 이름이 나오기 때문에 찰리 브라운과 라이너스는 샐리가 뭔가를 오해하고 있는 건 아닌지 의아해 하고 있다.

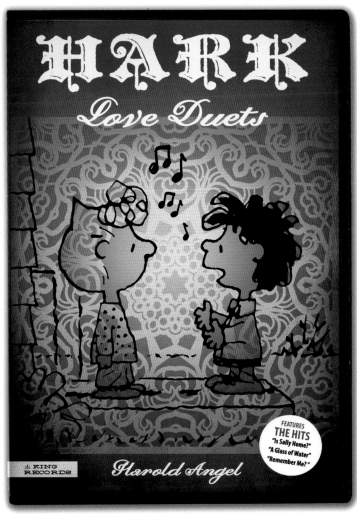

▲ Cameron + Co의 디자인

해럴드 에인절

1983년 12월 16일에 첫 언급
그해 12월 24일에 첫 등장

부모는 매년 아이들의 크리스마스 공연을 기대하지만, 아이들은 이런 연례행사에 엄청난 부담감을 느끼기 마련이다. 라이너스는 대사를 외우고 청중 앞에 나가야 하는 상황에 초조함을 감추지 못한다. 페퍼민트 패티는 자신이 양 역할을 맡고, 마시가 성모 마리아 배역을 맡자 낙담한다. 샐리는 이맘때가 되면 자신에게 꼭 특이한 문제가 나타난다는 사실을 깨닫게 된다.

"양이 춤을 다 추고 나면, 내가 나와서 '할크!'라고 외쳐야 돼. 그러면 해럴드 에인절이 노래를 부를 거야." 샐리는 오빠 찰리에게 공연에 대해 설명했다. 찰리와 라이너스는 샐리가 크리스마스 연극 지시문을 제대로 이해하지 못했다고 확신했다. 늘상 있는 일이기 때문이다.

하지만 샐리가 공연 중 대사를 혼동해 "할크"를 "하키 스틱!"으로 외친 그다음 날, 해럴드 에인절이라는 아이가 실제로 샐리네 집을 찾아와 찰리 브라운을 놀라게 한다.

모르겠어... 연극을 끝까지 안 봤거든... 샐리가 "하키 스틱"이라고 외치자마자 사람들이 웃기 시작했고, 난 나와 버렸어.

샐리 때문에 모든 게 엉망이 됐어. 심지어 걔는 "해럴드 에인절"이라는 애가 나와서 노래를 부를 거라고 생각했나 봐!

잠깐만, 밖에 누가 왔어...

안녕? 샐리 집에 있어? 난 해럴드 에인절이라고 해...

크리스마스

1951년 12월 25일에 연작 첫 번째 이야기가 시작

크리스마스 시즌은 언제나 일 년 중 가장 특별하다. 샐리는 상세한 소원 목록을 작성하고, 작년에 받은 선물에 대해 미루고 미뤘던 감사 카드를 쓴다. 온 동네에 크리스마스 공연과 암기 열풍이 불며, 스누피는 개집을 꾸미고 산타클로스로 변장한다. 찰리 브라운과 라이너스는 신학에 대해 토론하고, 크리스마스의 진정한 의미에 대해 이야기를 나눈다. 뭐니 뭐니 해도, 크리스마스는 친구, 가족과 함께하는 시간인 것이다.

찰리 브라운은 언제나 크리스마스를 달콤 쌉싸름한 날이라고 생각했다. 찰스 슐츠도 마찬가지였다. "저에게 크리스마스는 쓸쓸한 날이었습니다. 만화에도 종종 그런 감정을 담으려고 했어요. 크리스마스 같은 날, 우리는 종종 외로움을 느낍니다. 잡지에서 으레 보여주는 크리스마스의 기쁨과 즐거움이 나오는 거리가 먼 것처럼 느껴지기 때문이죠. 잡지에는 온통 선물 상자와 크리스마스트리, 미소 짓는 사람들이잖아요. 하지만 현실은 안 그래요. 현실에는 슬픔이 있습니다. 찰리 브라운이 밸런타인데이를 너무 싫다고 말한 이유와 아주 똑같아요. 찰리 브라운은 말하죠. 아무도 자신을 좋아하지 않는다는 걸 아는데, 왜 그날을 그토록 기념해야 하는지 모르겠다고요."

3

2

1

① Cameron + Co의 디자인 ②《Charlie Brown Christmas Story》. CSCA 제공
③ ⑥ ⑦ 스타일 가이드 아트. CSCA 제공
④ A Charlie Brown Christmas: 탐 웨일런, 한정판 프린트. Dark Hall Mansion 제공
⑤ A Charlie Brown Christmas: 로랑 뒤리유, 한정판 프린트. ark Hall Mansion 제공

뒷장 ① Cameron + Co의 디자인 ② ③ ④ ⑤ 스타일 가이드 아트. CSCA 제공
⑦ A Charlie Brown Christmas; 데이브 퍼렐로, 한정판 프린트, Dark Hall Mansion 제공

7

4

6

5

CHARLES M. SCHULZ'S

CHARLIE BROWN

CHRISTMAS

The "Tumbler"

The "Splat"

The "Snowstorm"

The "Upsider"

The "Cannonball"

The "Strike"

a.

b.

c. The "Slingshot"

© Peanuts

The "Wall"

프리다와 패런

프리다는 1961년 3월 6일에,
패런은 1961년 5월 23일에 첫 등장

프리다는 단연 천연 곱슬머리가 눈에 띄는 소녀. 혹시 눈치채지 못했어도 걱정할 필요 없다. 프리다가 미주알고주알 전부 이야기해줄 테니. 프리다는 "난 천연 곱슬머리야!"라고 떠들지 않을 때면, 찰리 브라운의 야구팀에서 외야수로 뛰거나, 투수 마운드에 꽃을 심거나, 스누피에게 "개집 위에 드러누워만 있지 말고 움직여, 토끼라도 쫓아다니라고!" 하고 잔소리를 늘어놓고 있다.

패런은 프리다의 반려 고양이인데 거의 뼈가 없는 것처럼 보일 뿐만 아니라 완벽에 가까울 정도로 미동이 없다. 아마도 그래서 프리다가 스누피에게 움직이라고 참견하는 모양이다.

찰스 슐츠는 이렇게 설명한다. "패런을 그린 건 실수였어요. 우선 제가 고양이를 생각보다 훨씬 못 그렸고, 둘째는 고양이의 등장으로 '개와 고양이'가 나오는 전형적인 만화물로 비칠 수 있었기 때문입니다. 이 외에도 아쉬운 점이 여럿 있었습니다. 패런은 이제 더 이상 등장하지 않고 프레임 밖의 '옆집 고양이'가 오히려 제 역할을 더 잘해내고 있습니다."

◀ 신문 연재에서 발췌. 찰스 M. 슐츠

▲▲ 왼쪽 프리다 모델 시트. CSCA 제공 오른쪽 스타일 가이드 아트. CSCA 제공 ▲ 중간 스타일 가이드 아트. CSCA 제공

피너츠 문고판 제 13호, Boom! Studios 만화책 표지. CSCA 제공 ▶

페퍼민트 패티

1966년 8월 22일에 첫 등장

패트리샤 라이하트, 그러니까 친구들은 '페퍼민트 패티'라고 부르는 이 활달한 소녀는, 운동신경이 탁월해서 모든 스포츠에 뛰어나지만 학업 성적에서는 'D 마이너스' 명예의 전당에 이름을 올렸다. 하지만 운동장과 교실에서 그녀가 어떻든, 페퍼민트 패티는 언제까지나 아빠의 '귀한 보석'이고 마시의 베스트 프렌드다.

페퍼민트 패티는 로이를 통해서 라이너스의 누나 '루실'과 '척 브라운' (그녀는 시종일관 루시와 찰리 브라운의 이름을 잘못 부른다.)을 알게 된다. 페퍼민트 패티는 '척'이 야구팀의 성적 부진으로 고민한다는 얘기를 듣자 기꺼이 감독을 맡아주겠다고 찾아갔는데, 자신이 타자로서 홈런을 5개나 쳐도 37:5로 지는 경기력에 크게 실망하고 탈퇴한다. 그 후 곧장 자신의 동네에서 야구팀을 결성하는데, '척'과는 계속 친한 친구로 지낸다.

페퍼민트 패티는 모든 운동, 특히 야구에 뛰어나며 경기장 안팎에서 오랫동안 여권 신장을 강력히 지지해 왔다. 가장 친한 친구인 마시도 여권 신장을 지지한다. 비록 야구와 하키의 차이점은 잘 모르지만.

운동신경은 타고났지만 패티의 학교 성적은 같은 반 급우인 마시와 프랭클린이 증명하듯 형편없다. 한부모 가정에서 자란 패티는 매일 밤 늦은 시간까지 잠들지 않고 아빠를 기다리느라 학교에서 자주 졸고 집중하지 못한다.

겉으로는 허세를 부리는 듯해도 페퍼민트 패티는 외모에 자신이 없고 ("내가 안 예쁜 건 전생에 뭔가 나쁜 짓을 해서 벌을 받았기 때문일까?"), 친구를 사귀는 것도 서툴다. '척'을 짝사랑하는데, 야속하게도 '척'은 패티에게 와서 아무도 자신을 좋아하지 않는다고 불평한다. 하지만 이

"투표 연령을 7세로 낮춘다면, 조심해야 할 거야!"

페퍼민트 패티

모든 상황에도 불구하고, 패티는 씩씩한 얼굴로 모든 일에 항상 최선을 다한다. 이러한 태도가 패티를 '귀한 보석' 같은 존재로 만든다.

찰스 슐츠는 이렇게 말한다. "페퍼민트 패티와 그녀의 아버지에 관한 작은 일화를 구상해 보려고 이러저러한 궁리를 할 때였어요. 어느 대학생이 '패티의 아버지는 이러이러한 사람이고, 패티의 어머니는 돌아가셨거나 떠나셨을 것'이라는 자신의 생각을 편지로 보내온 거예요. 그에게는 그렇게 보였던 거죠. 사람들이 이야기를 나름대로 추측해 본다는 사실이 정말 좋았어요. 만화가 더욱 근사해지고, 무대 밖 캐릭터들이 더욱 실감나더라고요."

운동엔 만능

"척, 너희 야구 팀이 이기는 건 우리가 참가하지 않을 때뿐이야."

"척, 네가 풋볼 팀을 만들면 우리가 깔아뭉개 줄게."

페퍼민트 페티는 거의 모든 스포츠에서 두각을 드러낸다. 야구뿐 아니라, 동네에 그녀의 적수가 될 팀은 없다. (더더구나 척의 팀은!)

찰스 슐츠는 이 씩씩한 아이를 이렇게 설명한다. "저는 페퍼민트 패티를 좋아합니다. 멋진 꼬마 숙녀지요. 운동신경이 뛰어나고 자신이 관심 있는 분야에 대해서는 모르는 게 없어요. 하지만 융통성이 부족하고 자기만의 방식을 고집하곤 합니다."

> "좋아, 다음은 누구야?"
>
> _페퍼민트 패티

◀ Cameron + Co의 디자인

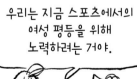

I Skate in on Ice Show in the winter...

BUT DURING THE OFF-SEASON I'LL PROBABLY DO A LITTLE BOWLING OR POP A WHEELIE IN A MOTO-CROSS...

▲ 스타일 가이드 아트. CSCA 제공

봐봐 척... 여기 너희 팀의 새로운 라인업을 짜봤어...

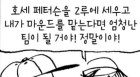

호세 페터슨을 2루에 세우고 내가 마운드를 맡는다면 엄청난 팀이 될 거야! 정말이야!

아무도 우리를 이길 수 없을 거야, 그리고 넌 "올해의 감독"에 뽑히게 될지도 몰라!

무슨 공로로?

이건 말도 안 돼!

내가 홈런 5개를 치고 안타도 하나도 내주지 않았는데 우리 팀이 37 대 5로 지고 있다니! 수비 실책으로 37점을 내준다는 게 가능해? 이건 말도 안 돼!

난 내가 너희 팀을 도울 수 있을 거라고 생각했어, 척. 그런데 여긴 가망이 없어. 난 원래 내가 있던 곳으로 돌아가야겠어!

그럴 수 있다니 부럽다...

143

공부엔 졸음

순간적으로 기지를 발휘하는 능력에 환상적인 운동신경까지 갖춘 페퍼민트 패티지만 학교 생활은 고단하기만 하다. 'D 마이너스' 성적표가 이를 잘 보여준다. 야구장에서 보여주는 투지와 열정을 교실에서도 보여준다면 A학점도 거뜬할 텐데 말이다.

찰스 슐츠는 거의 모든 곳에서 (심지어 과자 접시로부터도) 캐릭터에 대한 영감을 얻는다. "'페퍼민트 패티'라는 이름은요, 어느 날 갑자기 떠올랐습니다. 이야기 속 캐릭터 이름으로 딱 어울릴 것 같더군요. 그러자 다른 누군가가 저처럼 이 이름을 떠올리면 어쩌나 불안해졌어요. 그래서 곧바로 그 캐릭터를 만들어 버렸죠." (슐츠는 스누피의 이름을 '스니피'로 구상했다가 다른 만화에 사용된 것을 보고 급히 바꾼 경험이 있다.)

"역사 연구는 항상 아침에 이루어져야 해…
다른 일이 일어나버리기 전에 말이야." _페퍼민트 패티

▲ 왼쪽, 가운데 스타일 가이드 아트. CSCA 제공 | 오른쪽 신문 연재에서 발췌. 찰스 M. 슐츠

Cameron + Co의 디자인 ▶

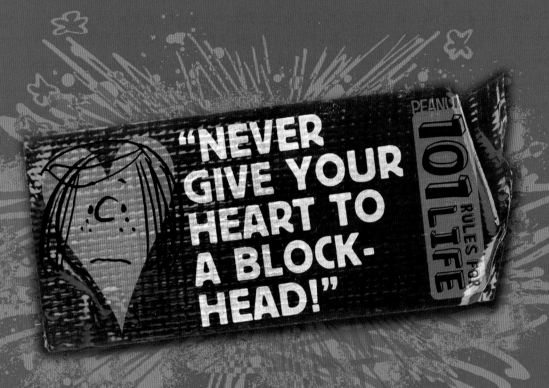

호세 페터슨 1967년 3월 20일에 첫 등장

뉴멕시코(타율 0.640)와 노스다코타(타율 0.850)에서 활약했던 야구 유망주 호세 페터슨이 야구 시즌이 시작될 무렵 페퍼민트 패티의 동네로 이사를 왔다. 당연히 그녀의 관심이 쏠릴 수밖에. 그는 훌륭한 외야수이자, 페퍼민트 패티가 찰리네 야구팀을 위해 고안한 팀 정비 계획의 핵심이었다.

하지만 찰리 브라운이 방 벽난로 위에 '올해의 감독상' 트로피를 올려둘 자리를 마련하기도 전에, 페퍼민트 패티는 찰리네 팀을 재평가한 뒤 자기 마을로 돌아가 호세를 포함한 새 팀을 결성하기로 결심한다. 그러면서 친절하게도 찰리 브라운에게 셔플보드 같은 다른 운동을 찾아보라고 권하고, 자신은 호세의 집에서 그와 함께 토르티야와 스웨덴식 미트볼 등 전통 식사를 즐길 계획을 짠다.

호세 페터슨은 어떻게 탄생했을까? "『피너츠』 연재를 시작한 지 10년도 훨씬 지난 무렵, 꿈에서 멕시코식 이름과 스웨덴식 이름이 합쳐진 새로운 캐릭터를 만들었어요. 도대체 왜 그런 꿈을 꾸었고, 어쩌다 호세 페터슨이라는 이름이 떠올랐는지 여전히 의문입니다. 꿈에서는 포복절도했던 일이 아침에 일어나면 재미없을 때가 많잖아요. 하지만 그 꿈은 꽤 괜찮은 아이디어처럼 느껴지더군요. 그래서 호세 페터슨이라는 친구가 동네로 이사 오는 이야기를 쓰게 되었죠. 이후로 호세 페터슨은 대체로 페퍼민트 패티의 야구팀에서 활약하고 있습니다."

146쪽 스타일 가이드 아트. PW 제공 147쪽 피너츠 문고판 제 6호, Boom! Studios 만화책 표지, 2011. CSCA 제공 148쪽, 149쪽 Cameron + Co의 디자인

클라라와 셜리와 소피 1968년 6월 18일에 첫 등장

운명은 (그리고 여름 캠프는) 내 뜻대로 되지 않는다. 클라라, 셜리, 소피의 텐트에 페퍼민트 패티가 반장으로 배정되었을 때 이들 삼인방도 그렇게 느꼈을 것이다. 2주의 캠프 기간 동안 패티는 삼인방에게 수영하는 법과 캠프에서 새로운 친구 사귀는 법을 가르친다. 소피는 다른 두 친구들보다 더 심한 향수병을 앓았지만 제1차 세계 대전 격추왕으로 변신한 스누피의 깜짝 방문으로 향수병을 이겨낼 수 있었다.

이듬해 캠프에서도 페퍼민트 패티의 텐트로 배정받은 삼인방은 숙련된 반장에게 새로운 운동 기술을 전수받으려는 열정에 불탄다. 특히 소피는 다이빙 연습에 열정적으로 참여해 차기 올림픽에서 자신이 새로 연마한 기술을 펼쳐보일 수 있기를 간절히 바란다.

삼인방의 이름은 찰스 슐츠의 가족 이름(할머니 소피아, 고모 클라라, 사촌 셜리)에서 따왔다.

티보 1970년 6월 4일에 첫 등장

키 작고 참을성이 없는 티보는 동네에서 싸움과 논쟁을 가장 좋아하는 꼬마다. 친구들에게 인기 있는 타입은 아니지만 운동신경이 뛰어나 페퍼민트 패티의 야구팀에 빠지지 않고 등장한다.

티보는 절대로 싸움에서 물러서지 않는다. 찰리 브라운의 야구 글러브를 빌렸으면서 돌려주지 않겠다고 고집을 피울 때도 그랬고 (그런데 티보가 "네가 잘난 줄 알지?"라고 시비를 걸자 찰리는 오히려 남에게 들어본 가장 멋진 말"이라며 기뻐한다!) 페퍼민트 패티를 비롯한 같은 야구부 팀원들과 다툴 때도 그랬다. 2루수로서 승승장구했지만, 마시를 조롱했다가 그녀에게 정통으로 얻어맞고 만다. 이후에 티보가 경기장에 나타났는데, 포수가 되어 있었다. 보호 장비를 최대한 많이 껴입은 모습으로!

『피너츠』에서 남을 괴롭히는 역할의 캐릭터들 대부분이 단 하나의 스토리라인에만 등장하고 사라지는 것처럼, 호전적인 성격의 티보도 자주 등장하지 못한다. 타인을 배척하는 티보의 태도는 결코 바뀌지 않는다. 페퍼민트 패티조차 티보가 우길 때 창피해 하지만, 다만 유능한 야구선수를 놓칠 수 없었던 것 같다.

Cameron + Co의 디자인 ▲▶

150

You don't need glasses to scrub floors, do dishes and make beds!

* 프로 숍은 골프 클럽 하우스 내에 있는 용품 판매점이다. - 옮긴이

캐디마스터 1977년 6월 17일에 첫 등장

강압적인 성격의 캐디마스터는 강한 주먹(또는 최소한 9번 아이언)으로 에이스 컨트리클럽의 프로 숍을 꽉 쥐고 있다. 페퍼민트 패티와 마시가 여름 방학을 맞아 캐디 업무에 지원하자, 캐디마스터는 소녀라는 이유로 얕잡아보고 고된 업무를 맡긴다. 바로 무거운 골프 가방을 들고 와 끝없는 언쟁을 벌이는 것으로 유명한 넬슨 부인과 바틀리 부인의 캐디가 되라는 것.

페퍼민트 패티와 마시는 4홀을 돌고 녹초가 되어 일을 그만둔다. 그런데 캐디마스터는 하루 일당의 절반을 내놓을 것을 강요하고, 마시는 10퍼센트로 절충하자고 대안을 제시한다. 하지만 캐디마스터는 이를 거절하고 마시를 협박하다 결국 페퍼민트 패티에게 크게 한 방 얻어터진다. 페퍼민트 패티와 마시는 캐디가 되겠다던 야심찬 꿈을 그만 접기로 결심한다.

▲ 신문 연재에서 발췌. 찰스 M. 슐츠

메이너드 <small>1986년 7월 21일에 첫 등장</small>

메이너드는 페퍼민트 패티의 'D마이너스 성적표'를 구제하려고 그녀의 아버지가 고용한 과외 선생님이다. 하지만 패티는 메이너드의 잘난 체하는 태도와 거만함이 거슬리고, 자신이 학업에서 도움이 필요한 존재라는 사실에 분개한다. 이들의 관계는 패티가 애초에 메이너드를 "빈정 대마왕, 대장 선생"으로 부르면서부터 삐걱댄다. 그리고 그가 선의로 과외 수업을 하는 것이 아니라 대가를 받아서라는 사실을 패티가 알게 되면서 수업은 영영 끝난다.

페퍼민트 패티처럼 찰스 슐츠도 학교에서 고전했는데, 그의 부모님은 과외 선생을 구해줄 생각은 없었던 것으로 보인다. "'제 부모님은' 제게 별다른 말씀을 하지 않으셨습니다. 화도 내지 않으셨고, 성적이 나쁘다고 벌을 주지도 않으셨죠. 제가 <새터데이 이브닝 포스트(The Saturday Evening Post)>와 처음으로 인터뷰를 하던 날, 저는 아버지와 함께 레스토랑에서 기자님을 만났습니다. 기자님이 아버지께 제가 낙제점을 받아왔을 때 기분이 어떠했는지 물었는데, 이렇게 답하시는 거예요. '무슨 소리십니까? 저는 항상 아들의 성적이 꽤 괜찮은 편이라고 생각했는데요.'"

▲ Cameron + Co의 디자인

스포츠 인생

투수 마운드, 하키 링크, 골프장, 축구 경기장… 언제 어디서든 거의 모든 경기에서 패배하는 찰리 브라운의 신비한 능력을 관전할 수 있다. 찰리는 야구에 쏟아부었던 노력을 씁쓸하게 회상하며 종종 이렇게 읊조린다. "우리는 항상 시즌 첫 경기와 시즌 마지막 경기에서 지는 것 같아… 그리고 그 사이에 있는 모든 바보 같은 경기에서도!" 피너츠에서 찰스 슐츠는 야구뿐 아니라 미식축구, 농구, 하키, 축구, 테니스, 골프, 조정, 수영, 역도, 레슬링에 이르기까지 매우 다양한 스포츠를 다룬다. 슐츠가 중요하게 여기는 건 특정 스포츠 종목이 아니라 경기의 결과다. "『피너츠』에서 스포츠는 제 역할을 톡톡히 했습니다. 스포츠는 사람들

이 각자의 인생에서 겪는 좌절을 반영하죠. 사람들이 참여하고 있는 경기, 스포츠 그 자체가 중요한 게 아니에요. 그들이 주목하는 것은 승패예요. 자신의 삶과 동일시하거든요."

① ③ ⑥ ⑧ 스타일 가이드 아트. PW 제공 ② 여성 스포츠 재단(Women's Sports Foundation) 포스터. CMSM 제공 ④ 스타일 가이드 아트. CSCA 제공
⑤ The Runner 잡지 표지, CBS Magazines 출판, 1986년. CMSM 제공 ⑦ It's Only Baseball, Charlie Brown, 피너츠 디지털 에디션. CSCA 제공

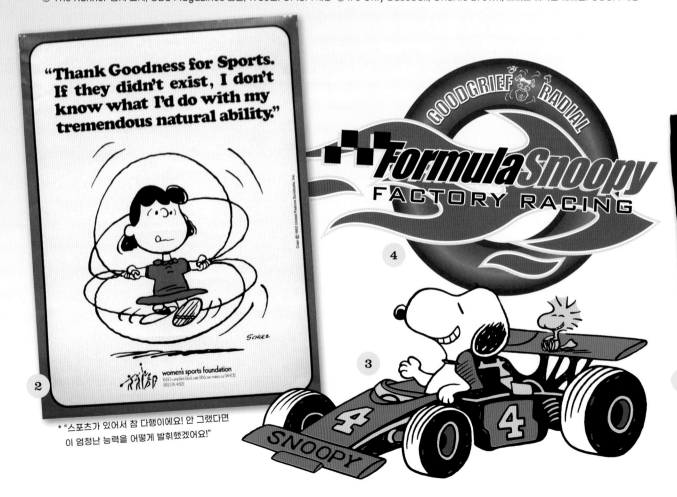

* "스포츠가 있어서 참 다행이에요! 안 그랬다면
이 엄청난 능력을 어떻게 발휘했겠어요!"

$2.50

THE COLLECTED STRIPS
A PEANUTS DIGITAL EDITION
Charles M. Schulz
It's only baseball, Charlie Brown
1950–59

THE COLLECTED STRIPS
A PEANUTS DIGITAL EDITION
Charles M. Schulz
It's only baseball, Charlie Brown
1960–69

7

THE COLLECTED STRIPS
A PEANUTS DIGITAL EDITION
Charles M. Schulz
It's only baseball, Charlie Brown
1970–79

POW!

THE COLLECTED STRIPS
A PEANUTS DIGITAL EDITION
Charles M. Schulz
It's only baseball, Charlie Brown
1980–89

Catch a WAVE

WEST COAST RIDERS
STATE TO STATE

THE COLLECTED STRIPS
A PEANUTS DIGITAL EDITION
Charles M. Schulz
It's only baseball, Charlie Brown
1990–99

8

① Peanut Bowl Game: Mustangers Challenge All Comers,
포드 자동차 (Ford Motor Company, c.) 제작, 1965년. CMSM 제공
② ③ ④ ⑥ ⑧ ⑨ 스타일 가이드 아트. CSCA 제공
⑤ ⑦ 스타일 가이드 아트. PW 제공

▲ World Tennis 잡지 표지, Family Media Inc. 출판, 1985년. CMSM 제공

몰리 발리 1977년 5월 9일에 첫 등장

몰리 발리는 가장 재능 있는(가장 승부욕이 강한!) 테니스 선수다. 스누피가 함께 혼합 복식 토너먼트를 치르며 깨달았듯, 그녀가 코트에서는 한 '친선 경기'란 없다. 참을성 없는 그녀가 코트에서 유일하게 관심을 가지는 단 한 가지는 상대팀 득점판뿐이다.

찰스 슐츠는 이렇게 말한다. "몰리 발리는 최근 테니스에 몰두한 저의 모습인 동시에 코트 위, 인간의 행동을 희화한 캐릭터입니다. '중요한 건 오직 승리뿐'이라고 믿는 미국인들의 통념이 강인한 그녀의 모습으로 잘 드러나죠."

▲ Cameron + Co의 디자인

'떼쟁이' 부비

1978년 7월 3일에 첫 언급
1978년 7월 5일에 첫 등장

'떼쟁이' 부비는 테니스 코트 위의 골칫덩이이자 몰리 발리의 최대 숙적이다. 그녀에게 당한 수많은 심판들이 이를 증명한다. 부비는 자신의 실력은 생각지도 않고 거의 모든 경기에서 항의를 일삼는데, 네트의 높이에서 해의 방향에 이르기까지 그 내용도 다양하다. 경기장에 있는 모든 요소 하나하나에 대해 죄다 트집을 잡는 것이다. 열성적인 그녀의 엄마는 딸의 모든 경기를 참관한다. 비록 안전한 자신의 차 밖으로 나오지는 않지만.

『피너츠』에 등장하는 대부분의 꼬마들은 적어도 하나씩 스포츠 활동에 참여한다. 캐릭터를 만들 때 스포츠가 중요한 역할을 한다고 생각한 찰스 슐츠 덕분이다. "스포츠에서 맞닥뜨리는 도전과제들은 우리가 인생에서 더 심각한 상황에 직면했을 때의 모습을 놀라울 만큼 잘 보여주거든요. 찰리 브라운도 자신이 느끼는 인생의 고난에 대해 분석하고자 할 때, 항상 스포츠 용어를 이용해 그 상황을 기가 막히게 설명하곤 하죠."

'오심' 베니

1982년 4월 15일에 첫 언급
이튿날인 4월 16일에 첫 등장

베니는 부비의 까칠한 오빠다. 남매는 주로 테니스 복식 경기에서 한 팀으로 모습을 드러낸다. 시종일관 트집을 잡는 '떼쟁이' 부비와 심판 판정에 사사건건 이의를 제기하는 '오심' 베니 덕분에 다들 이 남매를 테니스 코트 위에서 가장 꺼린다. 특히 베니는 갈등을 일으키는 능력이 탁월해, 한번은 테니스공이 든 캔이 부적절한 방식으로 개봉되었다고 항의한 적도 있다. 그리고 그가 이겼다!

찰스 슐츠는 피너츠에서 테니스 장면을 그릴 때 (물론 다른 스포츠 장면들도 마찬가지지만) 세부 묘사에 특히 공을 들였다. "저는 만화에 모든 스포츠 경기를 사실적으로 묘사하려고 노력합니다. 공이 손에 붙어 옴짝달싹 안 하거나, 누가 공과 함께 미끄러져 자빠지는 식으로 스포츠를 우스꽝스럽게 표현하는 건 진절머리가 나요. 유머를 구사하되 진정성이 있으면, 그게 스포츠든 메디컬 조크든 여러분은 평생의 지원군을 얻게 될 겁니다. 그런 부분을 잘 해결한다면 독자들의 응원이 따를 테니까요."

◀▲ Cameron + Co의 디자인

스누피 1950년 10월 4일에 첫 등장

찰리 브라운은 데이지 힐 강아지 농장에 방문했을 때, 스누피가 거기서 가장 뛰어난 강아지인 줄 알아봤다. 하지만 얼마나 '특별한 강아지'인지는 미처 알지 못했다. 이 조숙한 비글도 처음에는 다른 강아지들과 다름없어 보였다. 하지만 금세 뒷다리로 걷는 법, 글을 읽고 쓰는 법, 브리지(카드 게임) 하는 법, 춤추는 법을 배운다. 그뿐이랴, 동네 꼬마들이 하는 건 무엇이든 함께 할 뿐만 아니라, 훨씬 잘 한다!

스누피는 매사에 자신감이 넘치고 거침없이 도전한다. 야구, 골프, 배드민턴, 테니스는 물론이고 하키나 셔플보드 같은 더 난해한 스포츠도 문제없다. 열혈 독서가이기도 한데, 톨스토이의 《전쟁과 평화》는 너무 좋아서 하루에 딱 한 단어씩만 음미하며 읽었다(고 한다).

이 용감무쌍한 비글은 또한 노련한 여행가다. 손만 뻗으면 닿을 거리에 '머리통이 둥그런 애'가 저녁식사를 담아준 밥그릇을 두고 (개집 꼭대기에 앉아) 전 세계를 비행한다. 1900년대 초의 중서부에서 중동과 달나라와 프랑스까지, 시공을 초월해서 믿을 수 없을 정도로 다양한 장소를 누볐다(고 한다).

하지만 언제나 반드시 찰리 브라운네 뒷마당으로 돌아온다. 그곳이 집이기 때문이다. 미출간된 자필 원고들과 독보적인 현대 미술 소장품이 있는 바로 그곳 말이다.

독자들이 스누피의 진가를 알아보면서, 『피너츠』는 세계적인 코믹 스트립이 되었다. 기상천외한 판타지 세계와 대담한 성격에 독자들은 웃음을 얻었고, 찰스 슐츠는 끝없는 영감을 얻었다. "스누피는 『피너츠』에서 가장 인기 있는 캐릭터죠. 감히 전 세계에서 가장 인기 있는 만화 캐릭터라고 말해도 좋아요. 전례 없이 독창적이니까요. 생각해 보세요, 스누피처럼 특별한 역할을 하는 동물 캐릭터가 있었던가요? 변호사에 의사에 작가에 댄서에 제1차 세계 대전 격추왕인 비글이잖아요!"

"왜 내 개는 그냥 평범하게 자동차나 쫓아다니지 않는 걸까?"
_찰리 브라운

하지만 스누피에게는 현실 세계가 상상 속 판타지 세계만큼이나 중요하다. 현실과 판타지의 대비가 스누피를 가장 복잡한 캐릭터로 만든다. "스누피는 아주 모순적인 캐릭터입니다. 일면 꽤 이기적이죠. 독립적으로 행동하고, 위대한 업적을 남기고 싶은 야망이 있어요. 찰리 브라운 없이 못 살면서도 그에게 애정을 주는 일에는 매우 인색하고요. 유머의 일부이긴 하지만요(스누피는 찰리에게 한 마디도 하지 않지만, 찰리에게는 스누피의 생각이 모조리 들리거든요.)… 어쨌든 앞으로는 네 발로 다니는 스누피는 못 그릴 겁니다. 스누피는 이젠 두 발로 걸어다니는 개가 됐으니까요. 아주 서서히 그 모습으로 진화했는데, 그게, 일단 어떤 지점에 도달하고 나면 다시는 돌아갈 수 없지요."

"절대로 비글을 괴롭혀선 안 된다!"

_스누피

스누피 모델 시트. CSCA 제공

◀ 컬러 그림 스타일 가이드 아트. PW 제공

변신의 귀재

지난 수년간, 흉내의 달인 스누피는 수십 가지의 다양한 모습으로 변장했다. 가장 작은 동물의 왕국 회원에서부터 당대 최고의 프로 운동선수까지 실로 다양했다. 때론 '친구'들로 변장해 그들을 아연실색하게 만들기도 했다. 초기에는 주로 동물 흉내를 냈는데, 시간이 흐르면서 관심사가 "세계적으로 유명한" 전문가들 쪽으로 바뀌었다.

스누피는 가장 뛰어난 배우의 콧대도 납작하게 눌러줄 만큼 넓은 배역 스펙트럼을 가졌다. 얼핏 인상 깊었던 변장만 꼽아 봐도 상어, 늑대, 코뿔소, 뱀, 바이올렛, 펠리컨, 루시, 무스(말코손바닥사슴), 베토벤, 미키마우스, 기린, 캥거루, 악어, 사자, 비단뱀, 코끼리, 북극곰, 새, 당나귀, 서커스 개, 바다 괴물, 펭귄, 개미핥기, 대머리독수리, 독수리, 호랑이, 염소, 블러드하운드(초대형 사냥개), 소, 아기, 크리켓, 퓨마, 텔레비전 안테나, 헬리콥터, 드라큘라, 공룡, 토끼, 고릴라, 송아지, 연어, 후드 오너먼트(자동차 보닛 위에 장착한 엠블럼), 양치기, 괴물 석상, 테디 베어, 풍향계, 양, 공중 곡예사, 디스코 댄서, 스케이트보드 챔피언, 아기, 볼링 선수, 서퍼, 다이버, 갬블러, 조 샌드배거, 제1차 세계 대전 군의관, 외인부대 병사, 피라냐, 표범, 비밀 요원, 부활절 토끼, 프레리도그, 부활절 비글, 양치기 개, 해적, 박쥐, 올빼미, 만우절 바보, 허수아비, 방울뱀, (지킬 박사의) 하이드 씨, 테니스 선수 존 메켄로, 트레이시 오스틴, 존 뉴컴, 잔디밭 스프링클러 통과하기 챔피언, 플래시 비글, 고독한 비글, 펑크 비글, 앨리스터 비글, 산타클로스… 휴, 끝이 없다!

① ② ⑤ 스타일 가이드 아트. PW 제공
③ ④ 스타일 가이드 아트. CSCA 제공   ⑥ 신문 연재에서 발췌. 찰스 M. 슐츠

* "강력한 돌풍이 폭우를 몰고 와서 갑판 위에 우뚝 선 선장의 얼굴을 후려치는구나!"

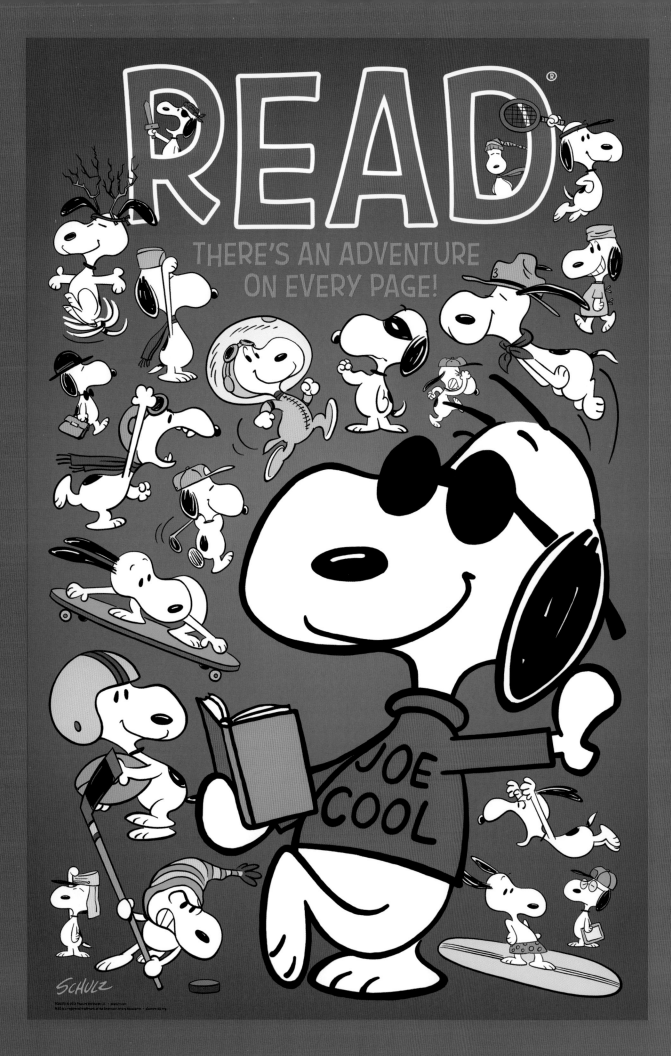

▲ 피너츠 디지털 에디션. CSCA 제공

A Charlie Brown Thanksgiving; T톰 웨일런, 한정판 프린트, Dark Hall Mansion 제공 ▶

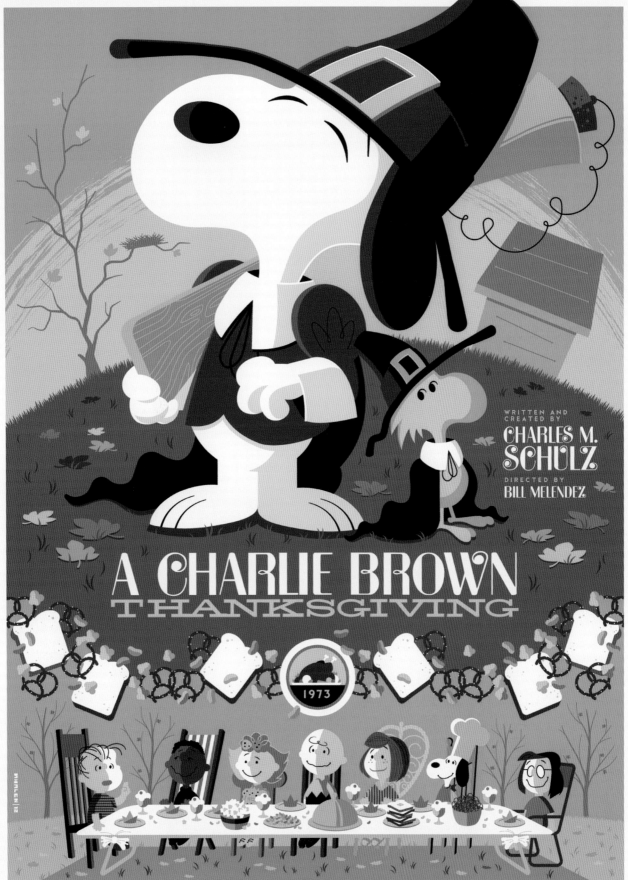

WRITTEN AND CREATED BY
CHARLES M. SCHULZ

DIRECTED BY
BILL MELENDEZ

A CHARLIE BROWN
THANKSGIVING

1973

독수리	작가	정신과 의사 보조	서퍼	제1차 세계 대전 격추왕
바다생물	학교 교장	세계적인 골프 선수	부활절 비글	따뜻한 강아지 · 구조대 대장
제2차 세계 대전 참전 용사	세계적으로 유명한 스키 선수	"헤드 비글"	세계적인 테니스 선수	세계적인 식료품점 점원 · 매력남 조 쿨
박쥐	인형 극장 주인	스트리커*	비글 스카우트	모터크로스 조 · 세계적인, 괴팍한 스케이트 선수
올빼미	페퍼민트 패티(변장)	세계적인 디스코 무용수	만우절 바보	블랙 잭 스누피, 리버 보트 갬블러 · 카운티 측량사
무시무시한 방울뱀	세계적인 인구 조사원	존 메켄로	트레이시 오스틴	존 뉴컴 · 정빙기 운전수
플래시 비글	빨강 머리 소녀	'펑크 비글'	세계적인 비밀요원	앨리스터 비글 · "맨발의" 조 비글
학교 우등생	숙련된 서비스 기술자	부상병	복화술사	에이스 항공 기장 · 조 그런지**

▲ 스누피의 다양한 자아들, Cameron + Co의 디자인

* 벌거벗고 대중 앞에서 달리는 자   ** 그런지(grunge. 먼지, 때). 1990년대 초 유행한 시끄러운 록 음악의 일종을 '그런지 록', 낡아 해진 듯한 의상으로 자연스러움을 추구하는 패션을 '그런지 스타일'이라고 한다.

프랑스 외인부대 병사 · 제1차 세계 대전 군의관 · 복면 히어로 · 피라냐 · "체셔 비글" · 세계적인 하키 선수

프레리 도그 · 세계적인 우주 비행사 · 테더볼* 챔피언 · 세계적인 롤러스케이트 선수 · 세계적인 야구 선수 · 세계적인 미식축구 선수

세계적인 미식축구 코치 · 세계적인 수영선수 · 세계적인 변호사 · 엔터프라이즈 우주선 선장 · 무시무시한 해적

항공기 정비사 · "상공회의소 관계자" · 세계적인 조깅 선수 · 헬리콥터 · 농약 살포 비행기

허수아비 · 무시무시한 비단뱀 · 로빈 후드 · 비글 박사 · 하이드 씨

초상화가 · 조 프레피** · 세계적인 일꾼 · 세계적인 외과 의사 · 조 샌드배거***(볼링 경기에서) · 올림픽 전차 경주 선수

산타클로스 · 조 번지 · 테니스공 - 비글 · 무시무시한 "10월의 야수" · 세계적인 고속도로 신호수 · 비버

애국자 · 해적 블랙 비글 · 세계적인 대형 트럭 운전수 · F. 스콧 피츠제럴드 소설의 주인공 · 다이버 · 정형외과 의사

* 기둥에 매단 공을 라켓으로 치고받는 게임 ** 프레피(preppy)는 비싼 사립학교에 다니는 학생. 프레피 룩은 캐주얼하고 현대적인 형태의 패션 스타일. *** 샌드배거(sandbagger): 유리한 경기를 하려고 능력이나 핸디캡을 거짓으로 말하는 선수.

"진정한 이해력을 가진 사람들에게는 오직 춤만이 순수한 예술이야!" _스누피

① 신문 연재에서 발췌. 찰스 M. 슐츠 ② 스타일 가이드 아트. CSCA 제공 ③ 스타일 가이드 아트. PW 제공
④ 오리지널 스케치. 찰스 M. 슐츠 ⑤ 피너츠 문고판 제 20호, Boom! Studios. CSCA 제공

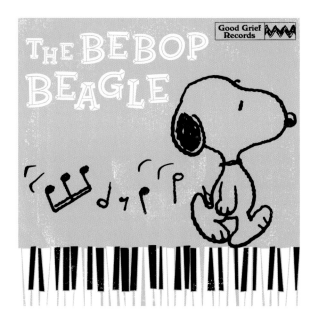

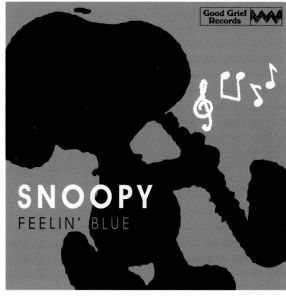

스타일 가이드 아트. PW 제공

스누피의 개집

1951년 9월 4일에 첫 등장

스누피의 개집은 누가 뭐래도 그의 안식처이자 휴식처이며 주된 교통수단(자그마치 전투기 솝위드!)이다. 자그마해 보인다고? 내부를 둘러보기 전에 겉모습만으로 속단하지 말자. 반 고흐 그림을 비롯한 스누피의 현대 미술 소장품들, 카펫이 깔린 개인 서재, 오락실의 당구대, 손님방의 삼나무 옷장까지 있는 넓은 공간에 비글 한 마리, 꼬마 몇 명, 작은 새 여섯 마리까지 편히 들어와 쉴 수 있다.

스누피의 개집은 견고하지만, 부서지지 않을 정도는 아니다. 지난 수년간 거대한 고드름, 화재, 옆집 고양이가 그의 집을 파괴했다. 집이 부서지면 스누피는 신속하게 자신의 안식처를 복구한다(은행 대출, 건축 설계, 보험, 건축 허가, 배관, 난방, 전기 계약까지 해낸다!). 그 누구도 스누피를 말릴 수 없다.

슐츠는 『피너츠』에서 가장 인상적인 캐릭터와 장소들을 결코 만화에서 볼 수 없다고 못박는다. "우리는 '스누피의 개집 내부'를 볼 수 없으니까요. 그의 집은 너무나도 기상천외합니다. 거론되었던 모든 것을 그곳에 그려 넣을 수조차 없어요. 또 스누피가 개집 지붕에 앉아서 타자기를 두드려 가며 소설을 쓰는 것도요. 정면에서 보면 타자기가 금방이라도 바닥으로 떨어질 것 같지만, 측면에서 보면 고개가 끄덕여지죠. 그래서 스누피의 개집 뒤로는 어떠한 배경도 그리지 않습니다. 배경을 그리면 현실성이 과해져서, 더 이상 그곳에 '소설 쓰는 개'가 어울리지 않게 느껴질 테니까요."

① Snoopy: 데이비드 플로레스(David Flores), 한정판 프린트, Dark Hall Mansion 제공
② ⑥ 신문 연재에서 발췌. 찰스 M. 슐츠 ③ ⑤ 스타일 가이드 아트. CSCA 제공
④ Happiness Is on Top of a Doghouse에서 발췌. 찰스 M. 슐츠
⑦ Snoopy Just Married: 로랑 뒤리유, 한정판 프린트, Dark Hall Mansion 제공

제1차 세계 대전 격추왕 1965년 10월 10일에 첫 등장

"당신을 저주해, 붉은 남작(Red Baron)!"* 자신의 트레이드마크인 조종사 헬멧과 고글, 스카프를 착용한 제1차 세계 대전 격추왕이 자신의 솝위드 캐멀(Sopwith Camel)**에 몸을 싣고 하늘로 날아오른다. 언제나 그 유명한 독일군 적수와 맹렬한 공중전을 벌일 준비가 되어 있다. 하지만 안타깝게도 스누피는 붉은 남작의 적수가 못 된다. 비상 착륙을 할 때마다 총탄에 맞아 벌집이 된 자신의 집과 마주할 뿐이다.

제1차 세계 대전 격추왕의 전투기가 적진 후방에 추락하고 나면 그의 모험은 대부분 지상에서 펼쳐진다. 이 용감한 군인에게는 어느 나라에 가든 자신과 가장 가까운 선술집을 찾아내는 신비한 재주가 있어서, 그곳에 가 젊은 프랑스 아가씨와 (이상하리만큼 마시와 닮은) 시원한 루트비어를 한잔 기울이며 기력을 회복한다.

스누피가 자신의 집 꼭대기에 앉아 하늘을 나는 비행사가 되는 에피소드는 찰스 슐츠의 가족 덕분에 탄생했다. "제 아들 몬티가 제1차 세계 대전 때의 모형 비행기를 만드는 일에 빠져 있었어요. 어느 날, 제가 지금처럼 이렇게 화판 앞에 앉아 있는데 그 녀석이 가장 최근에 만든 모형 비행기를 들고 왔지요. 그 녀석과 제1차 세계 대전 당시의 비행기에 대해 이야기를 나누면서, 저는 별생각 없이 스누피의 머리 위에 작은 헬멧을 하나 그려보았죠. 그러다 갑자기 아이디어가 떠올라 스누피를 개집 위에 앉히게 된 겁니다. 몬티에게 그간 읽었던 제1차 세계 대전 관련 서적 중 하나를 추천해 달라고 부탁까지 했어요. 그 책을 훌훌 넘겨보다가 솝위드 캐멀이라는 이름을 찾았고요. 가장 어울릴 법한 이름이더군요. 이렇게 해서 그 이야기가 탄생한 겁니다. 처음에는 제1차 세계 대전 관련 영화를 패러디하는 것으로 시작했지요. 첫 페이지에 쓰려고 했던 대사는 이런 식이었습니다. '하지만, 대위님! 젊은 병사들을 이런 고물 비행기에 태워 사지로 내몰진 않으시겠죠!' 이 대사를 실제로 쓰지는 않았습니다."

* 독일 공군의 전투기 조종사였던 만프레드 폰 리히트호펜의 별명. 온통 붉은 칠을 한 삼엽기를 몰았다. 1918년 4월 전사할 때까지 80대 격추라는 최고 기록을 세웠다.
** 제1차 세계 대전에서 활약한 영국 공군의 주력 전투기. 전투기 중 가장 많은 1,294대 격추 기록을 가지고 있다. 로터리 엔진 1개와 기관총 1쌍이 장착되었다.

* 포커기는 제1차 세계 대전 때 독일군이 타던 전투기로, 붉은 남작도 Dr.I이라는 이름의 포커기를 탔다.

▲ 피너츠 디지털 에디션, 2011년. CSCA 제공

붉은 남작

1965년 10월 10일에 첫 언급

"당신을 저주해, 붉은 남작!"은 제1차 세계 대전 격추왕에게 익숙한 대사다. 그는 독일의 최정예 전투기 조종사와 정면 승부할 만큼 두둑한 배짱을 가진 유일무이한 조종사이기도 하다. 솝위드 캐멀을 몰고 전장에 나가는 스누피는 공중전에서 단 한 번도 붉은 남작을 제압하지 못했다. 늘 포위 당해서 비상탈출하는 것으로 끝난다. (그런 악몽을 꾸다가 개밥그릇으로 추락하는 일도 다반사다.) 하지만 이들의 전투는 제1차 세계 대전 격추왕 스누피에게 수많은 스릴 넘치는 모험담을 남겼고, 그에게 시원한 루트 비어 한 잔을 대접하는 이라면 누구든 그 이야기를 들을 수 있다.

언제 영감이 떠오를지는 찰스 슐츠도 알 수 없었다. 그의 연작 중에는 전혀 엉뚱한 곳에서 아이디어를 얻어 만들어진 것도 있었다. 슐츠의 아들 몬티는 붉은 남작, 만프레드 폰 리히트호펜이 실제로 몰았던 비행기의 모형을 비롯해 각종 비행기 모형을 수집했는데, 덕분에 슐츠도 스누피를 전투기 조종사로 변신시킬 수 있었다. "스누피가 개집 꼭대기에 올라가게 된 덕분에 저에게도 완전히 새로운 판타지의 세계가 열렸습니다."

▲▲ 붉은 남작 뮤직 박스, Schmid Co. 제작, 1971년. CMSM 제공 　▲ 피너츠 문고판 제 5호, Boom! Studios. CSCA 제공

참전용사의 날

1969년부터 매년 11월 11일에 그리는 주제

매년 참전용사의 날이 되면 스누피는 제1차 세계 대전 격추왕으로 변장하고 빌 몰딘(Bill Mauldin)의 집으로 가서 루트 비어를 마신다. 1969년 11월 11일에 처음으로 시작된 이 전통은 연례 행사가 되었고, 찰스 슐츠는 이 연작을 통해 자신이 "제2차 세계 대전이 탄생시킨 최고의 만화가"라고 불렀던 빌 몰딘에게 경의를 표했다. 제2차 세계 대전에 참전했던 많은 군인들처럼 슐츠 또한 퓰리처상을 수상한 몰딘의 만화 『윌리와 조(Willie and Joe)』를 즐겨보았다. 군사 전문 일간지 <성조기(Stars and Stripes)>가 이 만화를 실었다. 육군 제45보병사단 소속이던 몰딘은 최전방 군인들의 생활상을 다룬 풍자화를 그려 동료 군인들로부터 큰 호응을 얻었음은 물론, 언론의 찬사를 한 몸에 받았다.

몰딘은 슐츠의 일일 연재만화에 기여한 유일한 만화가라는 특별한 영예도 누렸다. 1998년에 실린 참전용사의 날 편은 스누피가 그의 영웅인 윌리와 조를 만나는 장면으로 꾸며졌는데, 이는 찰스 슐츠가 자신의 영웅인 빌 몰딘에게 헌정하는 감동적인 작품이었다.

▲▲ U.S.S. Sanctuary(미 해군 병원선) 휘장, c. 1969년. CMSM 제공
▲ 스타일 가이드 아트. CSCA 제공

PEANUTS

by SCHULZ

디데이 1993년 6월 6일에 시작된 연작

"역사를 이해하는 사람이라면 디데이(D-Day)가 금세기의 가장 중요한 날이었음을 인정할 수밖에 없을 겁니다. 디데이가 없었다면 유럽은 향후 25년, 자칫 50년까지도 계속 암흑 속에서 보냈을지도 모릅니다. 저는 그곳에 없었지만, 그때 그곳에 있었던 분들을 향한 저의 존경심은 아무리 표현해도 부족합니다." 1999년 찰스 슐츠가 한 말이다.

연합군의 노르망디 상륙작전은 1944년 6월 6일 개시되었다. 1993년에서 1998년까지 (1995년은 제외) 매년 6월이 오면 찰스 슐츠는 용감했던 연합군 병사들과 제2차 세계 대전의 전환점이 되었던 이 작전을 "기억해 주기를(To Remember)" 독자들에게 당부했다. 가슴 아픈 역사를 담은 이 연재 시리즈는 슐츠가 자신을 비롯한 참전용사들에게 바치는 장중한 헌사였다. 이 시리즈에서 스누피는 최전방에 배치된 군인의 모습으로 등장한다.

* 연합군 내부에서 상륙작전 개시일인 6월 6일을 D-Day라는 음어로 사용했고, 이후 유명한 명칭이 되어 '공격 개시일'이나 '(일반적인) 계획 개시 예정일'을 뜻하는 말로 사용되고 있다.

JUNE 6, 1944, "TO REMEMBER"

◀ Snoopy as Flying Ace 우표, c. 2001년. CMSM 제공 맨위 스타일 가이드 아트. CSCA 제공

매력남 조 쿨 1971년 5월 27일에 첫 등장

캠퍼스의 큰형님 비글, 조 쿨*은 언제나 학교의 최고 '핫플레이스'를 줄줄 꿰고 있다. 학생회관을 어슬렁거리든 기숙사에서 시간을 보내든 그의 매력은 언제나 타의 추종을 불허한다. 늘 착용하는 까만 선글라스와 느긋한 태도가 자신을 세상에서 가장 매력적인 남자로 만들어준다는 걸 제대로 인식하고 있다!

조는 프리스비 친선 경기 참가나 캠퍼스 극장에서의 영화 감상을 즐긴다. 굳이 노력 안 해도 되는 일이기 때문이다. 노력은 멋지지 않다. 가장 인기 있는 비글로 살기란 결코 쉽지 않은데, 조가 그 어려운 일을 해낸다! 언젠가 찰스 슐츠가 이야기했듯 "스누피의 철학은 멀리서 봤을 때 멋져 보이기"다.

스누피는 자유시간을 캠퍼스에서 빈둥거리며 허비할 마음이 전혀 없다. 조 모터크로스(Joe Motorcross)로서 오프로드 레이싱에 참가하고, 조 프레피(Joe Preppy) 역할을 소화하고, 조 샌드배거(Joe Sandbagger)로서 볼링을 치고, 조 그런지(Joe Grunge)로서 세상을 즐기고, '세계적인 리버보트 갬블러' 조 블랙잭(Joe Blackjack)이 되어 카드 게임도 몇 판 해야 한다. 스누피가 어떤 옷을 입든 '평범한 조'는 하나도 없다.

* 극심한 압박 속에서도 냉정을 유지하는 남자를 뜻한다. 스누피의 별명.

▲ 스타일 가이드 아트. PW 제공

"어떤 이들은 스타일을 위해 편안함을 포기하지." _스누피

▲ 왼쪽 위, 오른쪽 아래 **스타일 가이드 아트.** CSCA 제공　왼쪽 아래, 오른쪽 위 **스타일 가이드 아트.** PW 제공

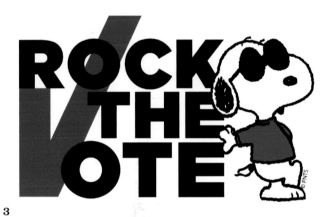

① ④ 신문 연재에서 발췌. 찰스 M. 슐츠   ② ③ 스타일 가이드 아트. PW 제공

◀ Joe Cool and Woodstock: 데이비드 플로레스, 한정판 프린트, Dark Hall Mansion 제공

'월드 스타' 스누피

스누피는 절대로 이인자의 삶에 만족하지 않는다. 그래서 새로운 직업을 맡으면 언제나 그 분야의 일인자가 되는 제 모습을 상상한다. 스누피가 '세계적 경지'에 오른 경우는 수없이 많다! 하키 선수, 야구 감독, 골프 선수, 우주 비행사, 롤러스케이트 선수, 스키 선수, 테니스 선수, 식료품 가게 점원, 사교가, 미식축구 코치, 수영 선수, 스케이트 선수, 긴급 구조대 대원, 괴팍한 스케이트 선수, 트러플 하운드(트러플 탐지견), 디스코 무용수, 리버보트 도박사, 측량사, 인구 조사원, 고민 상담가, 일꾼, 외과의사, 요원, 신호수, 하키 코치, 대형 트럭 운전수, 정형외과 의사, 헤드 비글(전 세계 비글들의 우두머리)….

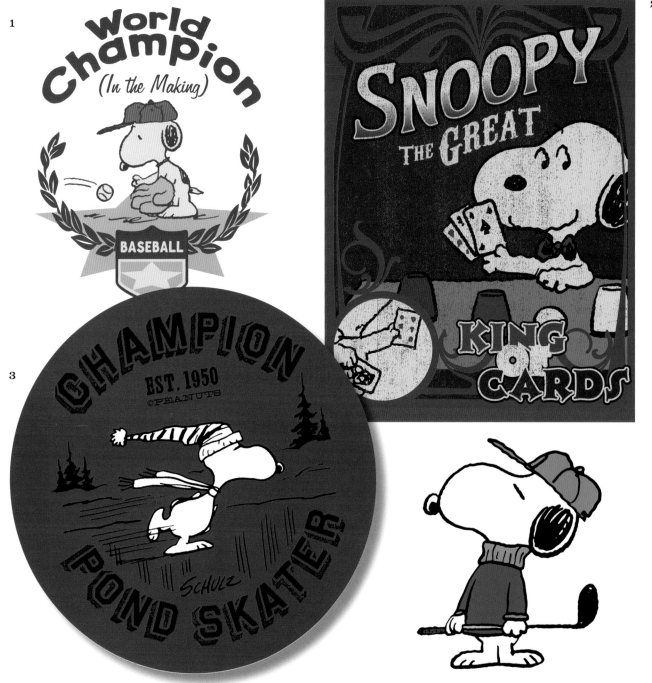

① 스타일 가이드 아트. PW 제공 ② 스타일 가이드 아트. CSCA 제공
③ 신문 연재에서 발췌. 찰스 M. 슐츠

달에 착륙한 우주 비행사

바로 1969년 3월 8일에!

스누피가 이룬 가장 위대한 업적이라면, 나사(NASA)의 '세이프티 마스코트'로 선정된 일이다. 나사 유인 우주 센터의 공보실 부실장 앨버트 찹(Albert Chop)이 찰스 슐츠에게 아폴로 프로젝트(사람을 달에 착륙시키려는 계획)를 위한 안전 캠페인에 캐릭터를 사용하고 싶다고 제안했고 슐츠는 기꺼이 수락했다. (아폴로 우주선 10호의 경우, 사령선과 달착륙선을 각각 '찰리 브라운'과 '스누피'로 명명했다.)

"제 인생 최고의 기쁨은 미국 만화가 협회가 주는 루벤상(Reuben Awards. 최우수 만화상)을 두 번이나 수상한 일이에요. 하지만 제 인생 최고의 성과는 스누피를 달에 보낸 것입니다. 그간 수많은 만화가들이 우주에 간 캐릭터들을 그렸지만, 진짜로 달에 다녀온 건 스누피가 처음이에요! 우주 비행사들이 스누피 배지를 달고 착륙했거든요. ("해냈어! 최초로 달에 착륙한 비글이라니!")"

① NASA 포스터, c. 2000년. CMSM 제공 ② Project Apollo Lunar Team 전사, c. 1969년. CMSM 제공
③ Project Apollo Recovery Team 전사, c. 1969년. CMSM 제공

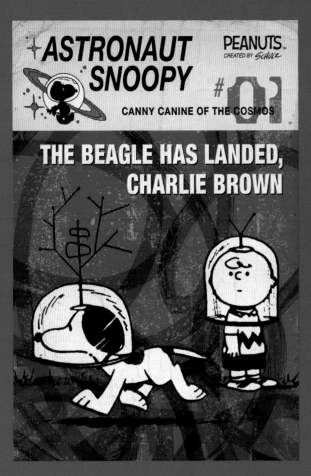

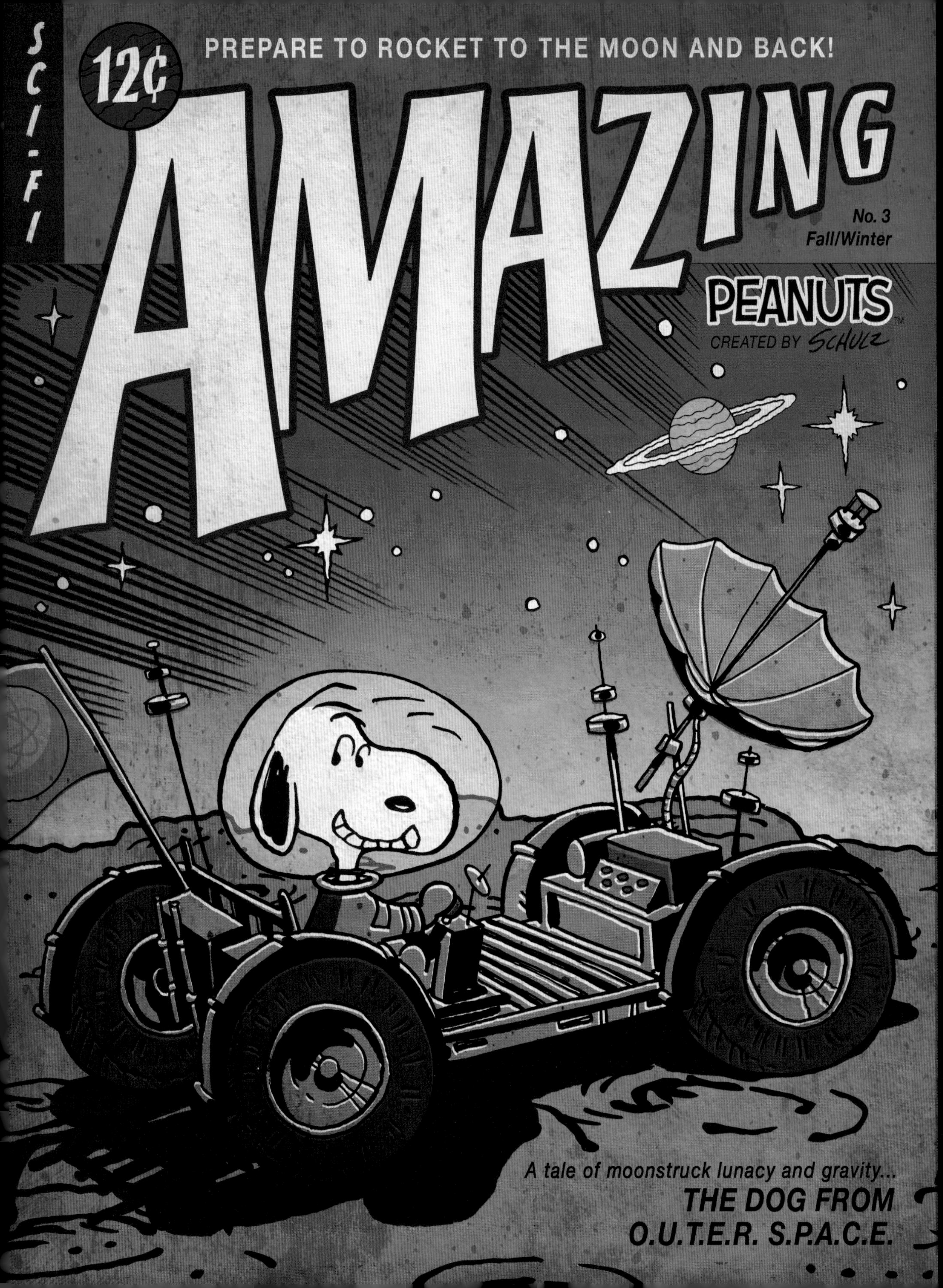
SCI-FI
12¢
PREPARE TO ROCKET TO THE MOON AND BACK!
AMAZING
No. 3
Fall/Winter
PEANUTS™
CREATED BY SCHULZ
A tale of moonstruck lunacy and gravity...
THE DOG FROM
O.U.T.E.R. S.P.A.C.E.

SCI-FI
12¢
PREPARE TO ROCKET TO THE MOON AND BACK!
AMAZING
No. 4
Spring
PEANUTS
CREATED BY SCHULZ
A tale of
moonstruck
lunacy and
gravity...
240,000 MILES
THROUGH SPACE!

전설적인 외과 의사

1982년 7월 12일에 첫 등장

수술실 준비해! 세계적으로 유명한 외과 의사는 지금이라도 당장 가장 복잡한 수술을 집도할 준비가 되어 있다. 그의 골프 티오프 타임과 겹치지만 않는다면 말이다.

티끌 하나 없이 깨끗한 수술 모자와 가운을 착용한 스누피는 최고의 외과의로서 자신의 실력을 자부한다. 수술할 환자가 사람이어도, 동물의 왕국 친구들이어도 전혀 문제없다. 루시는 스누피의 수술에 만족하는 환자가 절반밖에 되지 않는다며 실력을 의심하지만, 스누피는 그런 비관론자들의 말에 신경 쓰지 않는다. "매우 태평한" 성격 덕분이다!

리런이 넘어져 무릎을 찧으면 스누피는 세계적으로 유명한 정형외과 의사가 되어 반 펠트 가문의 막내를 위한 응급 처치를 준비한다. 다행히도 리런의 무릎은 멍든 게 전부다. 응급실까지는 마련할 수 없는 스누피에게도 다행한 일이다.

힘든 하루 일과가 끝나면 스누피는 골프장에서 동료 의사들과 긴장을 푸는 걸 좋아한다. 비록 9번 아이언을 쓰는 솜씨가 메스를 다루는 솜씨와 비슷해 보이긴 하지만 스누피는 수술실보다 골프장에서 훨씬 편안해 보인다.

▲ 신문 연재에서 발췌. 찰스 M. 슐츠

세계 최강 외인부대의 지휘관

1966년 3월 21일에 첫 등장

스누피 이전에 많은 고집불통 비글들이 그러했듯, 그 또한 과거에 사랑했던 한 여인을 잊기 위해 '길 잃은 영혼들의 군단'에 합류한다. 세계 최강 외인부대의 상사로서, 스누피는 우드스톡과 작은 새들의 군단을 이끌고 진더뇌프 요새(Fort Zinderneuf)*를 탈환하려고 사막으로 향한다. 이들의 여정은 해변과 골프장, 모래통과 학교를 지나 스누피네 뒷마당으로 이어진다. 스누피의 문학적 영감의 원천인 《보 제스트 (Beau Geste)》**의 결말과 달리, 이들의 성공적인 임무 완수는 요원해 보인다.

'보 스누피'의 연대는 비글 스카우트와 구성원이 동일하다. 단, 비글 스카우트는 숲속에서 캠핑을 즐기고 외인부대 병사들은 적군의 영토에서 야영을 한다는 점이 중요한 차이점이다. 적개심에 가득 찬 스누피는 진더뇌프 요새를 탈환하기 위해 대포를 발사하는데, 오히려 그 과정에서 자신의 집과 루시의 정신 상담소, 슈로더의 피아노를 부순다.

하지만 스누피는 이 모든 것이 대승적인 관점에서 보면 사소한 문제에 불과할 뿐이라고 생각한다. 또한 지나간 사랑은 잊고 외인부대를 위해 진더뇌프 요새를 탈환하고야 말겠다고 맹세한다.

* 작중 사하라 사막에 있는 프랑스 외인부대의 전초 기지
** P. C. Wren의 소설 제목이자 남자 주인공의 이름이다. 20세기 초 북아프리카 사하라 사막에서 프랑스 외인부대의 대원으로 활동한 영국인의 모험담을 그렸다. 동명의 영화도 제작되었다.

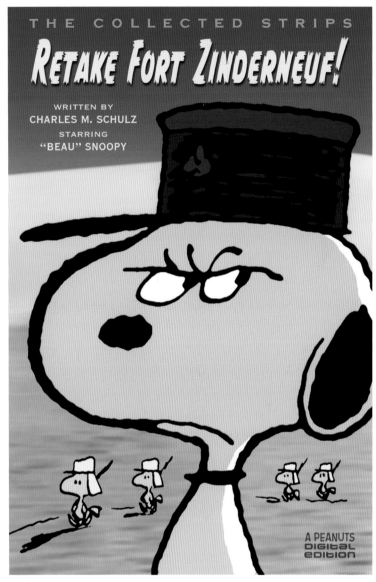

▲ Retake the Zinderneuf! 피너츠 디지털 에디션. CSCA 제공

"어둡고 폭풍우 치는 밤"의 작가

1965년 7월 12일에 첫 등장

"어둡고 폭풍우 치는 밤이었다."* 스누피의 메일링 리스트에 있는 출판사 관계자들에게는 상당히 유감스럽지만, 이 세계적으로 유명한 작가는 자신의 모든 작품을 이 문장으로 시작한다.

스누피는 순전히 타자기를 개집 지붕 위에 올려둔 김에 작가의 길을 걷기 시작했다. 그때부터 모험 소설, 로맨스 소설, 미스터리 소설, 자신의 회고록 등을 써 나갔다. 초기 작품들은 운 좋게 출간되었는데, 후속작에서는 첫 문장에서 번번이 막혀서 애를 먹고 있다. 라이너스와 루시는 고군분투하는 그에게 진심 어린 응원과 조언을 건네지만, 스누피는 그 조언을 무시하거나 잘못 이해한다. 한번은 "옛날 옛적에"로 글을 시작하라는 루시의 조언에 동의한 적이 있다. 그래서 이렇게 글을 시작했다. "옛날 옛적, 어둡고 폭풍우 치는 어두운 밤이었다."

편집자들은 스누피의 원고에 거절 편지조차 안 보내고, 이야기가 완성되기도 전에 미리 퇴짜를 놓기도 한다. (우편함에 들어가서 답장을 기다리는 스누피를 봤다면 그렇게는 못 했을 텐데!) 하지만 스누피에겐 언제나 그를 응원하는 진정한 친구가 있다. 우드스톡은 스누피에게 작가라면 한 번 꿈꿔 봄 직한 최고의 선물을 준다. 바로 거절 쪽지를 꿰매 만든 이불!

* 원래는 대중 소설가 에드워드 불워 리튼이 쓴 『폴 클리퍼드』(1830년)의 첫 구절이라고 한다. 이제는 스누피 소설의 첫 구절로 더 유명해졌다.

It Was a Dark and Stormy Night 속지, 1971년. CMSM 제공 ▶

194

중절모를 쓴 변호사 1972년 1월 12일에 첫 등장

멋들어진 검정 나비넥타이에 중절모를 쓴 세계적인 변호사가 한 손에 서류 가방을 들고 전문가의 위엄을 풍기며 법정에 들어선다. 이 대담한 변호사에게 사소한 사건이란 없다! 스누피는 학교의 복장 규정에 따르지 않을 권리를 주장하는 페퍼민트 페티를 변호했는데, 일은 잘 풀리지 않았지만 그 이후로 본격적인 변호사의 길을 걷게 되었다.

변호사로서 스누피는 몇몇 학교 관련 사건에서 패소하고, 항공 여행, 숙제, 가짜 우표와 관련된 사건에서도 성공적인 변론을 하지 못한다. 그의 의뢰인 중 기억에 남는 이들을 꼽자면, 샐리 브라운, 피터 래빗, 빨간 모자, 이상한 나라의 앨리스의 앨리스 등이 있다.

세계적으로 유명한 이 변호사의 승률은 0%다. (세계적으로 유명한 것도 당연해 보인다.) 자신이 맡은 사건에 대해서도, 사건을 의뢰한 고객에 대해서도 아는 게 전혀 없기 때문이다. 하지만 수임료가 매우 저렴하다는 경쟁력이 있어서 새로운 사건이야 얼마든지 맡을 수 있다. 물론, 그를 받아주는 법정을 찾는 것이 우선이겠지만.

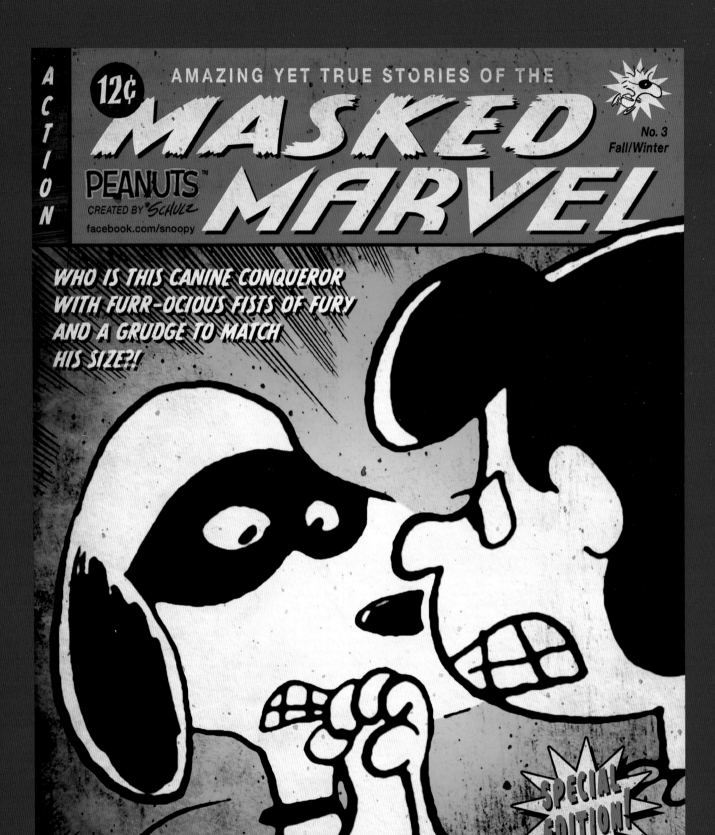

복면 히어로 1967년 2월 9일에 첫 등장

여왕벌 루시는 동네 꼬마들에게 공포의 대상이다. 그러니 자칭 "팔씨름 챔피언"이라고 으스대는 루시에게 딴지를 걸 사람은 아무도 없다. 팔씨름 대결에서 루시는 찰리 브라운과 라이너스를 순식간에 이긴다. 슈로더는 피아노를 쳐야 하는 손가락에 부상을 입을까 봐 대결을 거부한다. 루시와 팔씨름 대결을 할 만큼 충분히 용감한 (혹은 충분히 멍청한) 친구는 스누피뿐이다. 그래도 대결에서 지면 망신스러우니까 '복면 히어로'로 변신한다. 변신한 모습에 속은 친구들은 아무도 없지만. 루시도 처음에 그의 대결 신청을 받아들이지 않는다. 스누피의 "발이나 팔이나 정강이 비슷한 것을 부러뜨리고 싶지는 않다"는 것이다. 하지만 찰리 브라운 앞에서 약한 모습을 보이기 싫어서 결국 그 도전을 받아들인다.

복면 히어로와 루시의 대결은 그야말로 팽팽했다. 심지어 서로의 힘을 견디지 못하고 양편 모두 무너져 버릴 것 같은 상황에 처한다. 그때 복면 히어로가 반격에 나섰다. 스누피가 루시의 코에 기습 뽀뽀를 날린 것! 루시는 복면 히어로가 반칙을 했다면서, 자신이 여전히 이 동네의 팔씨름 챔피언이라고 주장한다. 그날 오후, 찰리 브라운과 라이너스는 스누피의 집으로 찾아가 그에게 실망이라고 말한다. 하지만 스누피는 자신이 졌다는 사실에 크게 개의치 않는다. 그저 다음 모험을 위해 잠이나 좀 자두고 싶을 뿐. 스누피는 마음속으로 말한다.
'얘들아, 미안해. 세상사가 다 그런 거야.'

스누피? 스파이? <small>(쉿! 1972년 10월 6일에 첫 등장)</small>

"톰슨이 곤경에 처했다!" 어느 날 날아온 '헤드 비글'의 불길한 메시지! 스누피는 곧장 팔자수염을 붙이고 달려 나간다. 임무를 수행하다가 수상한 인물들로 가득한 식당으로 들어가게 된다. 그리고 거기서 '모로코 사건'이라 불리는 지독한 사건 이후로 가장 끔찍한 임무를 마주한다. 스누피는 동료인 톰슨을 찾는 데 성공하지만, 모두 부질없는 일이었다. 토끼 1만 마리가 이미 톰슨 요원에게 거절할 수 없는 제안을 한 다음이었기 때문이다. 스누피의 임무는 어떻게 손써 볼 겨를도 없이 싱겁게 끝나 버렸다.

스누피는 상상 속 모험의 세계에서 종종 변장한다. 찰스 슐츠에게는 그것이 대단히 재미난 소재였다. "전 스누피의 모습이 자랑스러워요. 잘 그려졌다고 생각합니다. 너무 귀엽지만은 않게요. 전반적인 성격은 냉소적이면서도 유쾌하죠. 하지만 아주 강인한 캐릭터이기도 해요. 그는 이기기도 하고 지기도 하고, 완전 엉망진창이 되기도 하고 영웅이 될 때도 있죠. 아주 엉뚱한 방향으로 흘러가기도 하고요. 하지만 결국에는 다 잘 풀려요. 스누피는 자신에게 심각한 문제가 생기면 자신이 만든 상상의 세계로 한걸음 물러나 상황을 모면하는데, 전 그 점이 마음에 듭니다."

스타일 가이드 아트. CSCA 제공 ▲▶

THOMPSON

IS IN TROUBLE!

№

1950 to TOMORROW.

라일라

1968년 2월 17일에 첫 언급
그해 8월 24일에 '처음이자 마지막으로' 등장

찰리 브라운이 스누피를 입양하기 전, 스누피는 짧은 시간이었지만 라일라와 함께 행복하게 살고 있었다. 데이지 힐 강아지 농장에서 스누피를 맨 처음 입양한 건 찰리가 아닌 라일라의 가족이었던 것! 하지만 이 활기 넘치는 비글을 키우기에 라일라의 가족이 사는 아파트는 너무 좁았기에, 이들은 어쩔 수 없이 스누피를 돌려보냈다. 스누피는 몇 주간의 대도시 생활을 청산하고 농장으로 돌아갔다.

그 후 몇 년 동안, 스누피는 라일라라는 이름만 들어도 감정적으로 크게 동요했다. 하지만 라일라가 병원에 입원해 자신을 그리워한다는 소식을 들은 스누피는 라일라와 다시 만나 화해한다.

▲ Cameron + Co의 디자인

헬렌 스위트스토리

1971년 4월 9일에 첫 언급

야심찬 소설가 스누피는 고전 문학에 관심이 많지만 현대 문학에도 조예가 깊다. 가장 좋아하는 현대 문학 작가는 인기 소설 아기 토끼 시리즈의 저자, 헬렌 스위트스토리다. 《여섯 마리 아기 토끼, 롱비치에 가다》, 《여섯 마리 아기 토끼의 쿠키 만들기》, 《여섯 마리 아기 토끼, 클럽에 가입하다》와 현재 학교 도서관에서 금지 도서로 지정된 논란의 책 《여섯 마리 아기 토끼, 당황하다》 등의 시리즈가 나와 있다.

스누피는 스위트스토리 양과 편지를 주고받는다. 물론 그녀의 답장은 팬들을 위해 미리 준비해놓은 복사본 편지로 보이지만, 그래도 스누피는 그녀의 열성 팬이었다. 그녀가 24마리의 고양이를 키운다는 사실을 알기 전까지는!

토끼 그림 신문 연재에서 발췌. 찰스 M. 슐츠
▲Bonjour, Sweetie! 피너츠 디지털 에디션. CSCA 제공

*《그대 다시는 고향에 돌아가지 못하리(Yon can't go home again)》는 미국의 소설가 토마스 울프의 대표작이다.

푸치

1972년 12월 17일에 첫 언급
1973년 1월 7일에 딱 한 번 등장한다

아무리 애를 써봐도 옆집에 살았던 그 소녀를 결코 잊을 수는 없을 것이다. 푸치는 오래전 스누피의 마음을 갈가리 찢어놓았던 인물이다. 푸치가 공을 던지면 스누피가 물어오는 놀이를 하고 있었는데, 그녀가 다른 강아지와 놀고 싶다며 갑자기 놀이를 끝내고 간 것이다. 푸치는 스누피의 마음을 풀어주고 싶어서 예전에 살던 동네로 돌아오지만, 스누피는 '조 쿨'로 변신해 거절의 의사를 표한다. 이에 크게 낙담한 푸치는 찰리 브라운에게 "토마스 울프가 옳았어… 그대 다시는 고향에 돌아가지 못하리!"라는 말을 남기고 떠난다.

지난날 함께했던 여러 소녀들과 마찬가지로, 스누피는 푸치의 이름만 들어도 가슴이 찢어진다. 스누피가 아주 다정하고 살가운 비글이긴 하지만, 한번 앙심을 품으면 좀체 누그러지지 않는다. 스누피는 자신을 화

나게 한 사람을 용서하는 일이 매우 어렵다. 특히 다른 개 때문에 자신에게 퇴짜를 놓았다면 더더욱!

로레타

1974년 5월 22일에 첫 등장

자신이 있는 곳이 일 년 중 가장 흥미진진한 파티가 열리는 곳이든 마을에서 수백 마일 떨어진 곳이든, 로레타는 항상 미소를 잃지 않으며 언제든지 걸 스카우트 쿠키를 팔 준비가 되어 있다. 찰리 브라운은 로레타의 호객행위에 전혀 관심이 없지만, 스누피는 쿠키를 위해서라면 그 어떤 것도 참고 견딜 수 있다.

◀▶ Cameron + Co의 디자인

스파이크 1975년 8월 13일에 첫 등장

스파이크는 스누피의 형이다. 캘리포니아 니들스 인근의 사막에서 홀로 고군분투하며 고립된 삶을 살아간다. 그를 둘러싼 사막의 환경은 데이지 힐 강아지 농장에서 근심 걱정 없이 지내던 시절의 환경과 판이하게 다르다. 듬성듬성 보이는 초목과 야생동물이 전부인 사막에서 그는 자신의 상상력, 그리고 길고 긴 철학적 토론을 함께 해주는 주변 선인장들에 의지해 살아간다. 이를 통해 미약하나마 현실을 직시하곤 한다.

사막의 척박한 환경은 스파이크에게 그의 트레이드마크인 페도라를 착용하는 것조차 쉽게 허락하지 않는다. 다만, 미키 마우스에게 선물 받은 듯한 편안한 노랑 신발은 이따금 신는다. 졸린 듯 반쯤 감긴 눈을 하고 좀처럼 보금자리인 사막을 벗어나지 않지만, 가끔씩 스누피와 그의 가족을 만나기 위해 사막을 건너는 긴 여행을 한다. 지난 몇 년 동안 그를 입양하려는 사람들도 있었지만, 그에게는 사막이 유일한 집이다. 자신에게 사막이 필요하듯, 사막도 자신을 필요로 한다고 생각한다. 그도 그럴 것이, 스파이크가 없으면 누가 선인장 클럽의 정례 회의를 진행하겠는가.

스파이크는 주연 캐릭터들과 멀리 떨어진 곳에 살아서 자주 등장하지 않지만, 『피너츠』의 등장인물들과 떼려야 뗄 수 없는 관계다. 찰스 슐츠는 여섯 살 때 실제로 니들스에서 1년간 살았는데, 그때 아주 더웠던 기억에 상상력을 더해서 이 사막을 창작해 냈다고 한다. "스파이크를 보면 곧장 한 장소가 떠오릅니다. 사실 그에 대해 아는 거라곤 니들스 외곽에서 코요테들과 함께 살고 있다는 정도 뿐인데 말이죠. 독특한 인상을 풍기는 가느다란 콧수염과 우수에 젖은 눈망울, 그리고 그 신비로운 분위기는 동생인 스누피의 모습과 확연히 다릅니다. 나머지는 여러분의 상상에 맡기겠습니다."

▲▲ 신문연재에서 발췌. 찰스 M. 슐츠
▲ 피너츠 문고판 제 11호, Boom! Studios. CSCA 제공

조 캑터스

1983년 10월 17일에 첫 등장

"우리는 모두 그저 함께 대화를 나눌 누군가가 필요한 것 같아." 스파이크는 스누피에게 보내는 편지에 사막에서의 고독한 삶과 새로 사귄 선인장 친구 조 캑터스를 이야기하며 이렇게 적었다. 스파이크와 조 캑터스의 대화는 대단히 일방적인 면이 있지만, 스파이크는 이 가시 돋친 친구의 조용한 경청과 신실한 우정에 감사한다. 농구, 브리지 게임, 달리기 경주를 할 때도, 스파이크는 충직한 선인장 친구 하나면 된다.

스파이크는 모든 기념일을 선인장 친구와 함께한다. 크리스마스 전구도 달아 주고 축제가 다가오면 그에 걸맞은 장식으로 꾸며 준다. 스누피는 형이 혹 제정신이 아닐까 봐 걱정이다. 크리스마스카드에 '스파이크'라는 사인 옆에 나란히 '조 캑터스'의 사인이 적힌 것을 볼 때면 걱정이 더 깊어진다. 하지만 다른 이들이 어떻게 생각하든, 스파이크는 조 캑터스가 언제나 곁에 있을 것임을 알고 있다.

◀「You're the Cactus Club President!」 피너츠 디지털 에디션. CSCA 제공

나오미 1998년 10월 1일에 첫 등장

사막 생활에 싫증이 난 스파이크가 자신을 입양해 줄 '멋진 할리우드 스타일의 소녀'를 찾아 도시로 나온 적이 있었다. 그때 캘리포니아 니들스 지역의 토박이인 나오미를 만난다. 나오미는 엄마가 운영하는 동물 병원 밖에서 스파이크를 발견하고 안으로 데려가 휴식을 취하게 하고 타피오카 푸딩(『피너츠』에 나오는 영화배우 지망생 소녀 말고, 간식)도 준다.

스파이크가 병원에 머무르는 동안, 나오미는 그에게 푹 빠진다. 하지만 나오미의 엄마는 스파이크가 회복하는 대로 사막으로 되돌려보내라고 말한다. 스파이크는 나오미와 함께할 수 없어서 슬펐지만, 자신의 보금자리는 사막이며 친구 조 캑터스는 언제까지나 그를 필요로 할 것이라는 사실을 깨닫는다.

▲ Cameron + Co의 디자인

데이지 힐 강아지 농장

1965년 5월 4일에 첫 언급

스누피네 일곱 강아지 남매는 8월 10일 데이지 힐 강아지 농장에서 태어났다. 아름다운 시골 농장으로 강아지를 키우고 분양하는 곳이다. 스누피는 태어난 지 몇 달 안 된 아기 강아지 때 농장을 떠났지만, 데이지 힐 출신으로서 자부심이 상당하다. 훗날 스누피는 데이지 힐 강아지 농장에 있는 어린 강아지들에게 독립기념일 연설을 해달라는 초청을 받고 방문하는데, 안타깝게도 연설을 하기도 전에 폭동이 일어나는 바람에 한바탕 소란이 벌어진다. (베트남 전쟁에 파견되었다가 돌아오지 못한 군견 문제로 일어난 폭동이었다고. 하지만 스누피는 앞발이 보드라운 '그녀'를 만난 것에 만족하고 돌아온다.)

이후 스누피는 또다시 데이지 힐 강아지 농장에 가는데 이번에는 정말 큰 충격을 받는다. 농장이 감쪽같이 사라지고 6층짜리 주차장 건물이 솟아 있는 것이다. 스누피는 자신의 탄생을 기리기 위한 기념물일 수도 있다며 스스로를 애써 위로하지만, 우드스톡은 야속하게도 그냥 일반 주차장이라고 단언한다. 이번에도 토머스 울프가 옳았다. "그대 다시는 고향에 못 가리!"

Daisy Hill Puppies, 피너츠 디지털 에디션. CSCA 제공 ▶

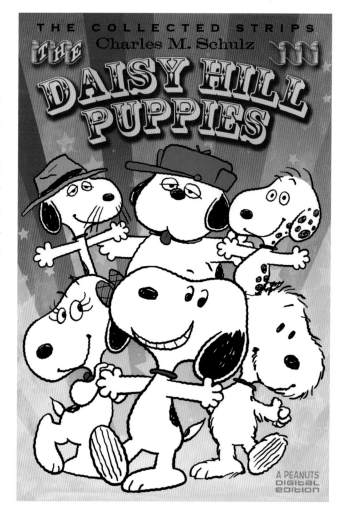

207

올라프, 우리가 강아지 농장 출신이라면, 뭐라도 해봐야 된다고 생각하지 않아?

쓸모 있는 개가 돼야 하지 않겠어?

우리 쓸모 있어...

우리가 움직이면, 이 헛간은 무너지고 말 거야...

올라프와 앤디

올라프는 1989년 1월 24일에
앤디는 1994년 2월 14일에 첫 등장

지역 신문사에서 '못생긴 개 선발대회'를 개최한다는 소식을 들은 루시는 우승 후보를 찾아 나선다. 그때 스누피의 남동생, 올라프가 만화에 처음 등장한다. 스누피의 가족 앨범을 본 찰리 브라운도 다소 묵직한 외모의 올라프가 두말할 것도 없이 대회의 우승을 차지할 거라고 확신한다.

"못난이 올라프"라는 별명으로 불리던 탓에, 그는 대회에도 봉지를 뒤집어쓰고 참석할 만큼 남들 앞에 서기를 주저했다. 하지만 올라프가 봉지를 벗자 만장일치로 대회의 우승자가 된다. 루시는 멋진 트로피를 받고 올라프는 맛있는 뼈다귀를 부상으로 받는다. 또한 올라프는 대회를 통해 스누피와 재회하고, 가족이 있는 농장으로 돌아가기까지 일주일 동안 둘이 함께 즐거운 시간을 보낸다.

몇 년 뒤, 스누피가 갑자기 병원에 입원했을 때, 스파이크와 올라프와 앤디는 끈끈한 가족애로 똘똘 뭉쳐 스누피의 곁을 지킨다. 이들은 서로를 추억하고 위로했으며 스누피가 밥을 먹을 수 있도록 돕는다. 그리곤 어느 날 갑자기 떠나 버린다. 찰리 브라운은 이들의 행동에 놀

라움을 금치 못했지만 스누피는 담담히 얘기한다. "개들은 작별 인사를 하지 않는다."

스파이크는 사막으로, 앤디와 올라프는 농장으로 돌아간다. 앤디와 올라프는 캘리포니아 니들스 사막으로 스파이크를 찾아가기로 결심하지만, 길치에(올라프의 말에 따르면 "두 번은 맞고, 스물세 번은 틀린 방향"이었다고!) 그리 똑똑하지도 못한 탓에 할리우드 근교에서부터 알래스카의 이글루에 이르기까지 정처 없이 떠돈다. 하지만 이들은 얼마나 많은 곳을 배회하든, 결국에는 스누피의 집으로 찾아든다. 찰스 슐츠는 앤디라는 이름의 테리어를 길렀는데, 그 개를 모델로 털이 북슬북슬한 『피너츠』의 앤디를 탄생시켰다. 앤디는 『피너츠』에서 연재만화에 등장하기도 전에 애니메이션으로 데뷔한 유일한 캐릭터다. 1991년에 방영된 <스누피의 재회(Snoopu's Reunion)>라는 텔레비전 특별 방송이었다.

▲ 신문 연재에서 발췌. 찰스 M. 슐츠

벨 1976년 6월 28일에 첫 등장

벨은 핑크 팬더를 꼭 닮은 자신의 십 대 아들과 함께 미조리주 캔자스시티에 산다. 윔블던 테니스 대회가 캔자스시티 근처에서 열린다고 오해한 스누피가 그곳에 간 김에 벨을 찾아봐야겠다고 결심하면서 이들의 만남이 이루어졌다(찰리 브라운이 말했듯, 윔블던은 영국에 있다). 데이지 힐 강아지 농장에서 어린 시절을 함께 보내다가 헤어진 후 첫 재회였다.

두 번째 만남은 프랑스에서 이루어졌다. 제1차 세계 대전 격추왕으로 변신한 스누피가 최전방에서 적십자 간호사로 일하는 벨을 만난 것이다. 보병으로 복무하던 스파이크까지 합류하면서 이들은 함께 루트 비어를 마시고 도넛을 먹으며 옛 추억에 잠겨 행복한 저녁시간을 보낸다. 스누피는 벨, 스파이크와 함께 찍은 사진을 그들의 부모에게 보내며 이렇게 적었다. "이렇게 해서 제1차 세계 대전 중, 두 명의 군인과 그들의 누이가 프랑스에서 만나게 된 거예요. 누가 제 말을 믿든 안 믿든 전 상관없어요."

▲ 스타일 가이드 아트. CSCA 제공

마블스 1982년 9월 28일에 첫 등장

스누피는 얼룩무늬 때문에 마블스라는 이름이 붙은 동생을 "가족 중 가장 똑똑한 개"라고 소개한다. 하지만 총명함과 무관하게 그의 재치와 상상력은 매우 부족한 수준이다. 스누피와 마블스의 재회 장면만 봐도 알 수 있다. 격추왕으로 변신한 스누피는 자신의 전투기인 솝위드 캐멀에 마블스를 태워주려고 한다. 하지만 스누피의 모험을 이해하지 못하는 마블스는 곧장 집으로 돌아가 버린다. 형의 이상한 행동이 그에게는 그저 혼란스러울 뿐이었다. 마블스는 스누피를 결코 이해하지 못하고, 스누피도 마블스에게 똑같은 감정을 느낀다. 스누피는 마블스가 집에 도착했다는 소식을 듣고, 대수롭지 않다는 듯 어깨를 한 번 으쓱해 보이고는 다시 제1차 세계 대전의 격추왕이 된다.

찰스 슐츠는 등장인물의 확장에 대해 다음과 같이 반추한다. "저는 만화에서 실수를 저지르고, 자기도 모르는 사이에 그것을 파괴해 버리는 경우가 있을 수도 있다고 생각합니다. 몇 년 전, 스누피의 형제들을 만화에 소개하기 시작하면서 저도 그 사실을 깨달았어요. 벨과 마블스의 등장으로 스누피와 그 친구들의 관계가 무너지고 있다는 걸 깨달은 겁니다. 이들의 관계는 정말 독특하죠."

▲ 신문 연재에서 발췌. 찰스 M. 슐츠

 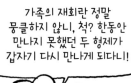   

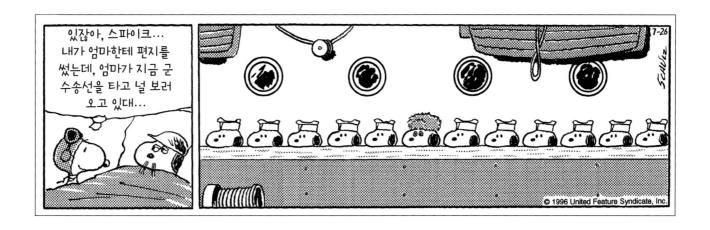

스누피의 아빠와 엄마

아빠는 1989년 6월 18일에,
엄마는 1996년 7월 26일에 첫 등장

스누피의 부모는 비록 자식들과 멀리 떨어져 살지라도 마음만은 언제나 그들과 함께이다. 아버지의 날이 오면 스누피는 항상 플로리다에 계신 아버지에게 카드를 쓴다. (언젠가 한번은 스누피의 일곱 형제 모두가 카드에 서명을 남긴 적도 있다!)

스누피의 엄마는 스누피의 제1차 세계 대전 이야기 속에서 딱 한 번 등장한다. 스파이크가 독감에 걸려 몸져눕자, 그의 부탁을 받은 제1차 세계 대전 격추왕 스누피는 엄마에게 스파이크가 아프다는 소식을 전한다. 긴급 편지를 받은 엄마는 두 아들을 보려고 군 수송선에 몸을 싣고 바다를 건넌다. 루시는 이 모든 게 말도 안 되는 이야기라 여기면서도 이들의 엄마가 어떻게 다시 집으로 돌아갔는지 궁금해 한다. 스누피는 '엄마는 전쟁 후 파리에 남으셨다… 하지만 그건 별개의 이야기다.'라며 여운을 남긴다.

▲ Cameron + Co의 디자인

우드스톡

1967년 4월 4일에 첫 등장
1970년 6월 22일에 이름이 밝혀짐

스누피가 자신의 개집 지붕에 반듯하게 누워서 낮잠에 빠져들려고 하는 순간, 아주아주 작은 새가 파닥파닥 힘겹게 날아오더니 콧등에 살짝 앉는다. 새의 가쁜 숨소리를 자장가 삼아 잠으로 빠져들면서 스누피는 생각한다. '꽤 힘든 비행이었나 보네.' 그 새가 불안정한 비행 솜씨에 염려되는 방향 감각을 보이는데도(거꾸로 뒤집어져 날아다니느라 늘 착지에 실패하고 추락할 정도로!), 제1차 세계 대전의 격추왕 스누피는 즉시 자신의 솝위드 캐멀 공식 정비공으로 임명한다. 이때부터 둘은 둘도 없는 친구가 된다. 재미있게도, 스누피는 3년이 훌쩍 넘은 후에야 친구의 이름을 알고 충격을 받는다. '도저히 못 믿겠어. 우드스톡이라니!' 1969년 여름에 열렸던 어마어마하게 거대한 음악 축제의 이름이 아닌가.

아닌 게 아니라 우드스톡은 몸집은 작지만 마음이 넓다. 덥수룩한 헤어 스타일과 커다란 발에 자부심이 있다. 스누피의 모험에도 결코 빠지는 법이 없다. 헬리콥터로 변신한 겁 없는 비글을 조종하는가 하면, 비글 스카우트 대원이 되어 숲속 하이킹도 거침없이 떠난다. 새해 전야에는 스누피와 루트 비어를 함께 마신다.

찰스 슐츠는 우드스톡에 대해 이렇게 말한다. "우드스톡은 자신이 매우 작고 보잘것없는 존재라는 걸 압니다. 우리 모두가 안고 있는 문제도 같아요. 우주는 우리를 압도합니다. 우리는 우리 자신이 우주의 티끌 같은 존재임을 불현듯 깨닫죠. 무서운 자각입니다. 성숙한 생각이 있어야만 대처할 수 있어요. 사유를 거부하는 순간, 우리 앞에는 비극적인 결말만 남겨져 있을 겁니다. 이런 무거운 생각을 유쾌하게 표현한 존재가 바로 우드스톡입니다."

▲ 스타일 가이드 아트. PW 제공

◀ 코믹콘(Comic-Con) 엽서, 2012년. CSCA 제공

▲ 우드스톡 모델 시트. CSCA 제공   컬러 그림 스타일 가이드 아트. PW 제공

코믹콘(Comic-Con) 엽서. CSCA 제공 ▶

베스트 프렌드

작고 우스꽝스럽게 생긴 새 우드스톡이 스누피의 코끝에 날아와 앉았고, 둘은 친구가 되었다. 작은 새는 친구 비글의 집 근처로 이사하기로 마음먹었고, 비글은 친구 새가 자신의 농담에 즐겁게 웃어주자 행복했다. 이들은 자신의 목숨도 내어줄 만큼 서로를 소중히 여기며 상대를 '베스트 프렌드'로 꼽는다.

슐츠는 만화에 많은 새들을 그렸지만, 특히 눈에 띄는 건 단 한 마리다. "제가 이 작은 새를 점점 더 자주 그리고 있다는 사실을 인지하자, 이 새가 서서히 눈에 들어왔어요. 이름으로 우드스톡이 제격이겠더군요. 스누피와 비밀을 나눌 만큼 절친한 사이가 돼요. 우드스톡은 스누피를 존경하기도 하고 그를 위해서라면 무엇이든 할 준비가 되어 있죠. 비서처럼 타자기로 편지를 받아적어 주기까지 합니다."

"오, 작고 소중한 내 친구 우드스톡, 네 심장이 6달러보다
훨씬 더 소중한 걸 모르겠니?" _스누피

▲ 왼쪽, 오른쪽 스타일 가이드 아트. CSCA 제공

3

HAPPINESS IS... 4

5

6

① ② ④ ⑧ 스타일 가이드 아트, CSCA 제공
③ 스타일 가이드 아트. PW 제공
⑤ Good Watchdog Goes "ROWRGHGR!"
피너츠 디지털 에디션. CSCA 제공
⑥ Small is Beautiful 표지. Gakken 제공
⑦ 신문 연재에서 발췌. 찰스 M. 슐츠

7

8

▲ 위,아래 스타일 가이드 아트. CSCA 제공

▲ 위,아래 스타일 가이드 아트. PW 제공

"Bend a Little, Pick Up a Lot" 환경 포스터, 미국 내무부 제작, 1972년. CMSM 제공 ▶

U.S. DEPARTMENT OF THE INTERIOR

☆ GPO 781-043

JH 62a (January 1972)

* "조금 굽히고, 많이 줍자!"

여기 세계적으로 유명한 비글 스카우트가 대원들을 이끌고 자연 탐방을 떠난다...

이곳에서 흩어지도록 한다. 각 대원은 각자 길을 떠나도록... 45분 후에 이곳에 재집결한다.

이를 통해 자립심 기를 수 있을 거야.

45분 치곤 너무 짧은걸!

그런 의미에서, 한 번 더 다녀오도록!

내 발 옆에서 얼쩡거리는 친구들은 없었으면 좋겠는데...

비글 스카우트 1974년 6월 9일에 첫 등장

스누피와 그의 비글 스카우트 대원들은 대담한 모험가들이다. 언제든 새로운 탐험을 떠날 준비가 되어 있다. 우드스톡, 빌, 올리비에, 해리엇, 레이먼드, 프레드, 콘래드가 고정 대원이고, 로이와 윌슨은 종종 참가한다. 긴 탐험에 나설 때면 스누피는 대원들에게 유용한 지식을 나눠주곤 한다. 예를 들면 이런 식이다. "우리는 어느 쪽이 서쪽인지 언제든지 분간할 수 있다. 달이 할리우드 위쪽에 있기 때문이지."
신참 독자들이 이 새들을 구별하기란 불가능에 가깝지만(레이먼드만 예외다. 노랑 깃털 새들 속에서 혼자만 보라색 깃털이니까!), 이들의 충실한 리더는 언제나 이들을 모두 구별해 낸다.

우리가 올바른 방향으로 가고 있는 건지 잘 모르겠어.

나무 같은 데 올라가서 우리가 어디로 가고 있는지 확인해줄 수 있는 대원 있나?

해리엇? 좋아, 가능한 한 높이 올라가서 뭐가 보이는지 얘기해줘...

저기, 해리엇, 그거보다 조금 더 높이 올라가 줬으면 좋겠는데...

제2차 세계 대전(옆집 고양이)

1958년 11월 23일에 첫 언급
1976년 10월 20일에 명명

스누피는 고양이를 좋아해 본 적이 없다. 특히 '옆집 고양이'라고도 알려진 '제2차 세계 대전'과는 앙숙이다. 이 포악한 고양이는 못된 성질머리와 날카로운 발톱으로 악명이 높을 뿐만 아니라, 스누피와 우드스톡의 고양이 농담에도 감사하는 마음을 눈곱만큼도 가지지 않는다.

'제2차 세계 대전'은 날카로운 발톱으로 스누피의 개집을 난도질해 앙상한 나뭇가지로 만들어 버리곤 한다. 그러니 스누피는 '제2차 세계 대전'으로부터 최대한 멀리 떨어져 있고 싶어 하는데, 다만 친구를 구하기 위해서라면 주저 없이 그에게 달려든다. 개인적인 위험을 불사하고 적의 진지로 들어가 페퍼민트 패티와 우드스톡을 무사히 구출한 적이 있다. 작은 노란 새에게는 다행히(스누피에게는 안타깝게도) '제2차 세계 대전'의 목표는 그의 마당에 떨어진 작은 노란색 장갑이었다. '제2차 세계 대전'이 스누피의 크리스마스카드 목록에 없는 것도 당연하다.

피너츠 문고판 제 4호, Boom! Studios 표지,
2014년. CSCA 제공 ▶

우드스톡의 할아버지

1994년 1월 4일에 첫 언급
이틀 후인 1월 6일에 '처음이자 마지막' 등장

우드스톡은 심상치 않은 가문의 출신이다. 어느 날 스누피와 우드스톡이 텅 빈 낡은 새장에서 우드스톡의 할아버지가 쓰던 일기장을 발견하는데, 이를 통해 스누피는 이 친구를 이제까지와 다른 눈으로 바라보게 된다. 할아버지의 일기장에는 새장에 대한 증오와 가급적 빨리 새장을 탈출하다고 싶다는 심경이 고스란히 담겨 있었다.

스누피는 우드스톡의 할아버지가 새장에서 탈출했다는 결론을 내리고, 우드스톡이 전깃줄에 앉은 새를 볼 때마다 손을 흔들어야 한다고 생각한다. 그 새가 우드스톡의 할아버지일지도 모르니 말이다.

▲ Cameron + Co의 디자인

마시 1971년 7월 20일에 첫 등장

페퍼민트 패티와 마시는 여름 캠프에서 처음 만났다. 엄청난 폭우가 쏟아지고 있었고, 마시는 캠프 전문가인 패티에게 "선생님, 점심시간은 언제인가요?"라고 물었다. 페퍼민트 패티는 그런 마시의 태도가 퍽 난감했지만, 둘은 결국 절친한 친구 사이가 된다. 마시가 여전히 패티를 "선생님!"이라고 부르긴 하지만.

같은 반 친구인 페퍼민트 패티와 달리, 마시는 성적이 우수하며 예술에 조예가 깊다. 스포츠에는 문외한이지만 패티네 야구팀에 선수가 필요할 때면 재미를 위해서가 아닌 여성 평등을 지지하기 위해 기꺼이 경기에 동참한다.

마시는 공공연하게 찰리에 대한 존경심을 드러낸다는 측면에서도 페퍼민트 패티와 다르다. 그녀는 찰리를 ("척"이 아니라) "찰스"라고 불러서 존중하는데, 존중받을 만한 사람이면 친구라도 늘 그렇게 대한다. 조용하고 내성적인 성격이지만, 가끔씩 버럭 화를 내기도 한다. 페퍼민트 패티와 갈등이 생겨도 물러서지 않는 몇 안 되는 친구 중 하나다.

페퍼민트 패티와 마시의 우정에 대해 찰스 슐츠는 이렇게 말한다. "페퍼민트 패티는 말괄량이이긴 하지만 솔직 담백합니다. 충성심도 강하고 목표 지향적이죠. 마치 앞만 보고 달리는 우리들의 모습과 비슷합니다. 그러한 점은 훌륭하기도 하지만 때론 처참한 결과를 가져오기도 합니다. 페퍼민트 패티는 아주 똑똑한 친구는 아녜요. 그런데 어느 날 마시가 나타나죠. 마시는 패티에게 헌신적이고, 그녀를 '선생님'이라고 부릅니다. 패티 뒤를 졸졸 쫓아다녀도 개의치 않아요. 이러한 모습은 기만적입니다. 마시는 사실 모든 면에서 패티보다 한 수 위니까요. 페퍼민트 패티가 매번 놓치는 만물의 진리를 마시는 이미 꿰뚫고 있습니다. 저는 마시를 좋아합니다."

▲ Cameron + Co의 디자인

▲ 피너츠 문고판 제12호, Boom! Studios 표지, 2014년. CSCA 제공

▲ Here We Are at Camp Remote, 피너츠 디지털 에디션. CSCA 제공

* "내가 범죄에 휘말리고 말았다는 걸 깨달았어."

플로이드 1976년 7월 26일에 첫 등장

"이봐, 램케이크!"라는 말이 들린다면, 딱 한 가지 경우뿐이다. 플로이드가 등장한 것이다!

플로이드는 여름 캠프행 버스 안에서 마시를 처음 만났고, 자신의 존재를 알리려고 마시의 이름을 부르며 귀찮게 한다. 마시와 직접 대면할 기회가 생기자 자신의 마음을 고백하지만, 마시는 플로이드에게 아무런 관심이 없다. 그가 왜 램케이크라는 별명으로 자신을 부르는지도 결코 이해하지 못한다.

"이봐, 램케이크!"
_플로이드

플로이드는 캠프가 끝나면 마시에게 편지를 쓰겠다고 약속하지만, 그를 태운 버스가 빠르게 캠핑장을 떠나는 바람에 마시는 자신의 성과 주소를 알려주지 못한다. 이제 마시를 "램케이크"라고 부르는 이는 아무도 없다.

오른쪽, 옆쪽 Cameron + Co의 디자인

*스리섬(threesome): 두 명이 한 조가 되어 다른 한 명을 상대하는 골프 경기 방식으로, 두 명이 짝을 이룬 팀은 번갈아가며 볼을 친다.

조 리치키드 1981년 6월 22일에 첫 등장

본인에게 딱 어울리는 이름을 가진 조 리치키드는 재능 있는 골퍼로, 어린이 골프 대회에서 페퍼민트 패티, 마시와 같은 조에 배정된다. 하지만 패티는 깔끔을 떨어대는 리치키드가 영 마음에 들지 않는다. 게다가 리치키드의 캐디 때문에 짜증이 날대로 난 마시는 그를 호수로 밀쳐 버리기까지 한다. (이를 본 페퍼민트 패티는 재빨리 2벌타감이라고 지적한다.)

조 리치키드는 골프 에피소드에 한차례 등장한 뒤 자취를 감추지만, 골프에 대한 슐츠의 애착 때문인지 스누피가 골프장에 등장하는 모습은 꾸준히 그려진다. "저는 15살에 처음 골프를 배우고 완전히 매료되었습니다. 몇 년 전에는 바비 존스의 숏 게임을 본 적도 있어요. 훌륭한 골퍼들은 언제나 존경의 대상이죠. 하지만 그때는 제게 골프 경기를 보여줄 사람이 없었습니다. 그래서 손잡이가 나무인 낡은 골프 클럽을 빌려서 친구와 함께 세인트 폴의 한 퍼블릭 코스로 나갔죠. 새벽 다섯 시 반, 그곳에서 생애 첫 골프 게임을 치렀습니다. 그날 156타를 치고 다음번엔 더 잘하겠다고 마음먹었던 게 생각납니다. 다음번 게임에서 165타를 치긴 했지만, 넉 달 후에는 80타를 깼어요. 79타를 기록했거든요. 이듬해 저는 고교 골프팀을 만들었습니다. 그때부터 제 머릿속엔 온통 만화와 골프 생각뿐이었어요. 그 당시 제 꿈은 훌륭한 만화가가 되는 것, 그리고 내셔널 오픈에서 우승하는 것이었습니다."

프랭클린 1968년 7월 31일에 첫 등장

차분하고 침착한데다 멋있기까지 한 프랭클린은 찰리 브라운의 가장 친한 친구 중 하나다. 둘은 어느 여름 한 해변에서 처음 만났다. 샐리가 바다에 던져 버린 공을 프랭클린이 주워 찰리 브라운에게 갖다준 것이었다. 그날 오후, 둘은 커다란 모래성을 함께 만들며 야구와 자신의 가족에 대한 이야기를 나누었고, 그 후로 친구가 되었다.

프랭클린은 페퍼민트 패티와 같은 동네에 살며 패티네 야구팀에서 센터 필드를 맡고 있다. 프랭클린이 찰리 브라운의 동네에 처음 간 날, 그는 찰리의 친구들이 어딘가 조금 이상한 것 같다고 생각하지만 특유의 침착함과 재치로 담담하게 상황을 받아들인다. 그날, 그가 본 것은 루시의 정신 상담소와 제1차 세계 대전 격추왕으로 변신한 스누피, 그리고 호박 대왕을 찬양하는 라이너스와 베토벤에 집착하는 슈로더였다.

프랭클린은 학교 성적이 매우 우수하다. 그뿐만 아니라 찰리 브라운, 라이너스와 함께 철학적 이슈에 대해 토론하거나 할아버지와 대화를 나누는 것을 좋아하는 사색가다. 찰스 슐츠는 프랭클린에 대해 이렇게 말한다. "프랭클린은 생각이 깊고, 라이너스만큼 구약성서를 적절히 잘 인용합니다. 다른 캐릭터들에 비하면 프랭클린은 걱정과 집착이 매우 적어요."

하지만 이성적이고 침착한 그에게도 부모님이 강력히 권하는 수많은 과외 활동들과 막중한 책임감은 큰 부담이다. 한번은 학교를 마치고 페퍼민트 패티가 구슬치기를 하자고 하자 이렇게 말하며 거절한 적도 있다. "나 3시 반에 기타 레슨이 있어… 그다음엔 야구 시합이 있고, 그다음엔 수영 클럽에 가야 돼. 그다음엔 저녁을 먹고, 또 그다음엔 '4H' 클럽 회의가 있지… 난 화요일에 엄청 바쁘다고!"

프랭클린이 『피너츠』에 처음 등장했을 때, 작은 논란이 있었다. 소수의 독자들이 그의 등장에 불만을 표출한 것이다. 찰스 슐츠는 이렇게 회상한다. "1960년대에 흑인 캐릭터인 프랭클린이 『피너츠』에 등장하자 그것을 탐탁지 않게 여긴 편집장이 있었습니다. 프랭클린은 찰리 브라운과 같은 학교에 다니는데, 흑인이 백인 아이들과 같은 학교에 다니는 것을 반대한다는 거예요. 하지만 저는 그냥 무시했죠."

> "다른 캐릭터들에 비하면 프랭클린은 걱정과 집착이 아주 적습니다."
>
> _찰스 슐츠

◀ 스타일 가이드 아트. CSCA 제공

"난 집에 갈래, 찰리 브라운,
이 동네는 너무 충격적이야."

_프랭클린

FRANKLIN
for
PRESIDENT

▲ 스타일 가이드. PW 제공

프랭클린 모델 시트. CSCA 제공

"좋은 하루였어."
—프랭클린

▲ 스타일 가이드. CSCA 제공

* "이것 봐, 찰리 브라운… 진짜 모래성이야!"

▲ 신문 연재에서 발췌. 찰스 M. 슐츠

리런 반 펠트

1972년 5월 23일에 첫 언급, 1973년 3월 26일에 첫 등장

루시와 라이너스의 동생이 '리런'이라는 이름을 얻은 사연이 있다. 루시가 남동생이 태어났다는 말에 이미 남동생이 있는데 한 명이 더 생기는 건 텔레비전 재방송을 보는 일만큼이나 쓸데없다고 불만을 터뜨렸다. 이를 들은 라이너스가 "바로 그거야! 동생을 리런(재방송)이라고 부르자!"라고 말한 것이다. 애초에 불평은 했지만, 루시는 큰 누나로서 리런을 각별히 보호한다.

리런은 형과 누나를 따라다니지 않을 때면, 대체로 엄마의 자전거 뒷자리에 앉아 있다. 그래서 엄마가 리런을 태우고 마을을 가로질러 거리에 주차된 차, 스프링클러, 트럭 등을 요리조리 피해서 슈퍼마켓에 가곤 한다. 리런은 엄마와의 자전거 질주를 무척 즐기는 한편, 가끔은 알프레드 테니슨의 시 <경기병 여단의 진격The Charge of the Light Brigade> 암송에도 푹 빠진다. 담담하게 자신의 운명을 받아들인 용감한 군인들에 관한 시다.

리런이 자전거 위가 아니라 안전한 땅 위에 있다면 찰리 브라운네 집일 확률이 높다. 스누피와 노는 걸 아주 좋아하기 때문이다. 둘은 함께 카드놀이를 할 때도 있지만(엉망으로), 보통은 마당에서 뛰어놀거나 막대 물어오기 놀이를 하자는 리런의 제안을 스누피가 무시한다. 강아지를 매우 좋아하는 리런은 스누피의 형제인 스파이크, 앤디, 올라프를 입양하고 싶어 하지만 부모님이 허락하지 않는다. 게다가 스파이크를 만나고 난 뒤로는 그가 과연 강아지가 맞긴 한 건지 의심한다.

리런은 매일 아침마다 유치원 등원을 거부하지만, 막상 수업 시간에 맞닥뜨리는 도전은 꽤 즐긴다. 선생님의 지시에도 아랑곳하지 않고 자기만의 세계에 빠져 "언더그라운드 코믹"을 쓰거나 그릴 때가 많은 리런은 미술시간을 특히 좋아한다.

1980년대에 리런은 등장이 뜸해졌는데, 슐츠는 리런과 관련된 이야깃거리가 다 떨어졌다고 했다. 그리고 1984년 팬들을 안심시키려고 이렇게 말했다. "리런은 여전히 우리 곁에 있습니다. 예나 지금이나 엄마의 자전거 뒷자리에 앉아 있죠. 토요일 아침에 방영하는 텔레비전 쇼에서도 리런을 볼 수 있게 될 겁니다…. 지금은 그저 특정 주제에 대한 저의 아이디어가 고갈된 상태라고 보시면 됩니다. 최근 저는 리런이 엄마의 자전거 뒷자리에 앉아 있을 때 더 이상 어떻게 이야기를 풀어나가면 좋을지 생각할 여력이 없었어요. 하지만 리런은 분명히 우리 곁에 있습니다." 그 후 10년 동안 피너츠의 캐릭터들도 꾸준히 성장했다. 1990년대 중반, 리런은 『피너츠』라는 무대의 중심에 설 만큼 성장했고, 특유의 매력을 인정받으며 주요 등장인물로 자리매김하게 되었다.

예술가

리런은 언제나 교육과 불편한 관계를 맺고 있다. 학교에 가지 않으려고 아침마다 침대 밑에 숨어 있는 날도 부지기수다. 하지만 학교에 미술 수업이 있다는 걸 알고, 언더그라운드 코믹북 아티스트가 되는 것이 자신의 운명임을 받아들이면서 리런의 태도가 변한다. 선생님 말씀을 무시하고 지시를 따르지 않아 선생님을 당혹스럽게 하지만, 자신의 운명을 개척하는 건 결국 자기 자신 아니겠는가.

"언더그라운드 코믹"이 무엇인지는 잘 모르는 것 같지만.

> *"난 크레용에 내 미래가 있다고 생각해."*
> —리런

A HOE DOWN

* "오늘 우리가 그려야 할 건 꽃이야." "난 꽃은 안 그려. 난 언더그라운드 코믹 그릴 거야…."

◀ ▲ 맨위 Cameron + Co의 디자인   ▲스타일 가이드 아트. CSCA 제공   뒷장 Cameron + Co의 디자인

BASEMENT COMICS!

IF I EAT ALL MY DINNER, CAN I HAVE A DOG?

.50 ¢

Vol.1 · No.4

MORE INSIDE!

SUBMARINES PATROLLING THE ENEMY SHORE
MORE ACTION! MORE COLOR!
SUPREME COURT STUFF
PIRATE SHIP SHENANIGANS

조 아가테

1995년 4월 7일에 첫 등장

자칭 동네 최고의 '구슬치기' 선수지만, 가장 비양심적이고 경쟁적이며 어리고 미숙한 선수이기도 하다. 동네 친구들의 구슬을 몽땅 따서 거대한 구슬 컬렉션을 완성하려는 속셈이 있다. 조 아가테가 속임수를 써서 리런의 구슬을 따자, 숙련된 구슬치기 전문가 찰리 브라운은 자신이 무엇을 해야 할지 정확하게 알았다.

조 아가테에게 가는 길에 찰리 브라운은 최근 조에게 당한 구슬치기 피해자를 만나고, 못된 조 아가테를 제대로 혼쭐내겠다고 다짐한다. 찰리 '엄지 척' 브라운이 조 아가테를 찾아와 리런이 잃은 구슬을 모두 되찾고 그의 구슬 컬렉션까지 빼앗아 오자, 리런과 루시는 경외심 가득한 눈으로 찰리를 본다. 구슬치기에서 제대로 망신을 당한 아가테는 동네를 떠날 수밖에 없게 된다.

조 아가테를 상대로 거머쥔 승리는 거의 모든 대결에서 항상 지기만 하는 찰리 브라운의 역사에서 아주 드문 일이었다.

슐츠는 자신의 어린 시절을 회상하며 이렇게 말했다. "대부분의 어른들은 아이로 산다는 게 얼마나 힘든 일인지 망각합니다. 저는 약한 자를 괴롭히는 불량배들을 항상 경멸해 왔어요. 그들은 아이들이 평화롭게 노는 꼴을 못 봅니다. 놀이터를 위험한 곳으로 만드는 것도 바로 그런 녀석들이죠."

▲ Cameron + Co의 디자인

조연 캐릭터

이름이 대수겠는가! 자신의 이름을 알리지는 못했어도, 피너츠 친구들에게 깊은 인상을 남긴 동네 꼬마들이 있다. 이들은 이름도 없이 등장했지만, 자신들이 기억에 남을 만한 피너츠의 등장인물임을 스스로 입증해 보였다.

▲ Cameron + Co의 디자인

찰리 브라운의 텐트 친구

1971년 7월 21일에 첫 등장

그간의 경험으로 여름 캠프가 아주 외로운 장소가 될 수도 있다는 것을 깨달은 찰리 브라운은 도움이 필요한 친구들에게 다가가기 위해 언제나 최선을 다한다. 어느 여름, 찰리 브라운은 캠프에서 가만히 벽만 보고 앉아 모든 사람들을 무시하는 새로운 친구를 본다. 찰리 브라운은 그에게 다가가려고 노력하지만, 그는 모든 인사와 초대에 언제나 같은 대답으로 일관한다. "입 다물고 나 좀 내버려 둬!" 저녁 식사, 천문학 수업, 심지어는 페퍼민트 패티와 마시의 깜짝 방문에도 그는 고개를 돌려 외면

하거나 똑같은 대답만 반복한다.

몇 주 후, 집으로 돌아온 찰리 브라운은 텐트 친구에게 편지를 쓴다. 혹시라도 답장을 받을 수 있을까 하는 실낱같은 희망을 품고서 말이다. 그리고 실제로 답장을 받자, 친구가 시간을 내서 자신에게 편지를 썼다는 사실에 깜짝 놀란다. 하지만 모두의 예상처럼 편지에는 "입 다물고 나 좀 내버려 둬!"라는 글이 전부였다.

찰리 브라운의 오랫동안 만나지 못한 친구

1989년 7월 20일에 첫 언급
그해 7월 28일에 첫 등장

찰리 브라운은 오래전 연락이 끊긴 친구로부터 전화를 받지만, 그 소녀에 대해 아무것도 기억하지 못한다. 찰리 브라운은 스누피와 함께 그녀를 만나러 동네 쇼핑몰로 향한다. 하지만 포니테일 머리를 한 그 소녀는 스누피를 보고 뛰어와 그를 껴안는다. 스누피를 찰리 브라운이라고 생각한 것이다! 소녀는 여름 캠프에서 스누피와 함께했던 시간을 추억하며 그에게 마시멜로 선데를 다섯 개나 사준다.

찰리 브라운은 과거에 스누피를 좋아했던 베일에 싸인 소녀들에 대해 대부분 알고 있지만 이 소녀만큼은 전혀 기억하지 못한다. 이 소녀도 찰리 브라운을 기억하지 못하는 건 마찬가지다. 그녀가 캠프 이야기를 아무리 들려줘도 그녀에 대해 생각나는 게 없었다. 하지만 디저트를 대접받은 스누피는 그녀와의 만남이 만족스러웠다. 각자 집으로 돌아가는 길에 소녀는 한껏 들떴고 찰리 브라운은 어리둥절했으며 스누피는 속이 느글거렸다. 비글이 한자리에서 마시멜로 선데 다섯 개를 먹어 치우는 건 좀 과하니까.

◀▶ 신문 연재에서 발췌. 찰스 M. 슐츠

리런의 같은 반 친구

1996년 9월 11일에 첫 등장

리런을 따라잡을 자는 없다. 하지만 양 갈래로 머리를 쫑쫑 땋은 이 소녀는 유치원에서 리런을 따라잡기 위해 최선을 다한다. 쉽게 집중력을 잃는 리런과 달리, 이 소녀는 항상 선생님 말씀에 귀를 기울이고 선생님의 지시를 잘 따르며 공부에도 열의를 보인다. 소녀는 미술 수업에서 두각을 드러내고 꽃을 그리는 것과 박물관 견학을 좋아한다.

이 소녀가 이해하지 못하는 건 리런 특유의 유머다. 그래서 종종 둘 사이에 혼란이 초래된다. 각종 산만한 환경에도 불구하고 소녀는 언제나 자신의 일에 집중한다. 어쩌다 한번은 리런을 수업에 집중하게 만들기도 했다. 리런이 선생님 말을 듣는다는 건 그 자체만으로도 엄청난 일이다.

찰스 슐츠는 『피너츠』에서 가장 어린 캐릭터들에 관해 이렇게 말한다. "어린아이들은 어른들과는 다른 삶을 살고 있습니다. 저는 아이들이 항상 놀이터와 같은 장소에 갇혀 있고, 세상 물정을 깨달아야 그곳에서 벗어날 수 있다는 느낌을 받곤 했어요. 아이로 산다는 건 어려운 일입니다."

신문 연재에서 발췌. 찰스 M. 슐츠 ▶

Modern Painters 잡지 표지, CTB (UK) 출판, 한정판, 2005년. CMSM 제공 ▶

MODERN PAINTERS

INTERNATIONAL ARTS AND CULTURE NOVEMBER 2005

THE RISE OF
COMIC-STRIP ART

RAYMOND PETTIBON HOLDS COURT
HENRI ROUSSEAU ON A MOTORBIKE

US $9.95 UK £5.99 CAN $12.50

찰스 M. 슐츠

찰스 슐츠는 자신을 "코믹 스트립을 그리기 위해 태어난 사람"이라고 설명했다. 태어난 이튿날 삼촌이 그를 "스파키(Sparky)"라고 부른 것이다. 코믹 스트립 <바니 구글(Barney Google)>에 나오는 스파크 플러그(Spark Plug)라는 말의 이름에서 따온 별명이었다. 어린 시절에는 일요일 아침마다 아버지와 함께 신문의 만화란을 읽으며 웃었다. 제2차 세계 대전 중에 군 복무를 마치고 제대한 그에게 첫 번째 큰 기회가 찾아온 건 1947년이었다. <릴 폭스(Li'l Folks. 꼬마 친구들)>라는 제목의 만화를 <세인트 폴 파이어니어 프레스(St. Paul Pioneer Press)>에 팔았다. 1950년에는 유나이티드 피처 신디케이트(United Feature Syndicate)와의 만남이 성사되어, 그해 10월 2일부터 <피너츠>가 7개 신문사의 지면에 연재되기 시작한다.

찰스 슐츠는 2000년 2월 12일, 캘리포니아 산타로사에서 세상을 떠났다. 그리고 몇 시간 후, 그의 마지막 연재분이 일요 신문에 실렸다. 거기서 그는 이렇게 인사했다. "사랑하는 친구들, 그동안 찰리 브라운과 그의 친구들을 그릴 수 있었던 것은 내게 커다란 행운이었어요."

감사의 글

언제나 그랬듯, 섀년과 로빈에게 감사의 말을 전한다.

나에게 지역 신문에 실린 『피너츠』 만화를 소개해 주고 나와 내 형제들이 언제나 책장에서 꺼내 볼 수 있도록 몇 권을 마련해 주신 부모님께도 감사한다.

내가 가장 좋아하는 코믹 스트립을 탄생시킨 훌륭한 만화가 찰스 슐츠에게도 감사한다. 『피너츠』가 없었다면 오늘의 나 또한 없었을 것이다. 찰스 슐츠와 그의 작품에 기여할 수 있는 기회를 갖게 되어 영광이라고 생각한다.

『피너츠』라는 유산을 지키기 위해 애쓰고, 샌프란시스코 만화 박물관과 찰스 M. 슐츠 박물관, 학술 도서관을 아낌없이 지원하고, 만화를 향한 뜨거운 열정을 보여주는 지니 슐츠에게 감사한다. 만화 박물관(Cartoon Art Museum)의 임직원들, 특히 상임 이사 서멀리 카샤, 프로그램 코디네이터 니나 타일러 케스터, 그리고 박물관의 설립자인 말콤 와이트에게 감사한다.

나를 이 프로젝트에 추천해 주고 이 책이 만들어질 때까지 다방면으로 힘써준 CSCA(찰스 M. 슐츠 크리에이티브 어소시에이츠) 수석 편집자 알렉시스 파하르도에게 감사한다. 캐머런 플러스 컴퍼니의 이안 모리스, 더스틴 존스, 얀 휴즈는 이 책에 대한 모든 것을 속속들이 알려주었다. 이들보다 더 훌륭한 팀을 만날 수는 없었을 것이다.

— 앤드류 파라고

◀ Hallmark Archives 제공, Hallmark Cards, Inc., 미주리 주 캔자스시티
▲ A Boy Named Charlie Brown; 탐 웨일런; 한정판 프린트, Dark Hall Mansion 제공
뒷장 It's the Easter Beagle, Charlie Brown!; 탐 웨일런; 한정판 프린트, Dark Hall Mansion 제공

저작권 표기

Cameron + Company would first and foremost like to thank Charles M. Schulz for bringing *Peanuts* to the world. We would also like to thank Peanuts Worldwide LLC, Charles M. Schulz Creative Associates, and Charles M. Schulz Museum and Research Center for keeping his legacy alive and for their help in making this book possible—special thanks to Senior Editor Alexis E. Fajardo and Archivist Cesar Gallegos for their tireless efforts on our behalf. A resounding thank-you to Roger Shaw, Mariah Bear, and Kevin Toyama of Weldon Owen, for believing in this project and making this book possible. We are deeply indebted to Iain Morris for spearheading this project and creating much of the art that graces these pages, as well as with his inspired design; to Andrew Farago for his riveting text; to Melinda Maniscalo, Rob Dolgaard, Suzi Hutsell and Amy Wheless for their design and production contributions; to Jan Hughes and Dustin Jones for their editorial guidance; to Judith Dunham for her copyediting prowess.

1

초판 1쇄 펴낸 날 2021년 6월 30일
초판 2쇄 펴낸 날 2024년 12월 30일
지은이 앤드류 파라고 **옮긴이** 안세라
펴낸곳 미르북컴퍼니 **전화** 02-3141-4421 **팩스**0505-333-4428
등록 2012년 3월 16일(제313-2012-81호)
주소 서울시 마포구 성미산로32길 12, 2층 (우 03983)
e-mail sanhonjinju@naver.com
카 페 cafe.naver.com/mirbookcompany
인스타그램 www.instagram.com/mirbooks

* 파본은 책을 구입하신 서점에서 교환해 드립니다.
* 책값은 뒤표지에 있습니다.

옮긴이 안세라

서울외국어대학원대학교 한영과를 졸업했다. 번역에이전시 엔터스코리아에서 전문 번역가로 활동 중이다. 『넷플릭스 세계화의 비밀』, 『디즈니 겨울왕국2』, 『매력적인 악당들 디즈니 빌런 아트북』 등을 번역했다.

표지, 속표지, 면지 Style Guide art, 2012년. CSCA 제공
1: Style Guide art. PW 제공 2, 3, 4 Style Guide art. CSCA 제공

2 3 4